1 TOMOYA HARIKAWA

contents

CAPITOLO 1

NEL CORSO DELL'ULTIMO ANNO, ALL'INTERNO DELL'AREA METROPOLITANA DI TOKYO È STATO REGISTRATO UN FORTE INCREMENTO DI CASI DI PERSONE SCOMPARSE...
...METÀ DEI QUALI RISULTANO TUTTORA IRRISOLTI.
IL DIPARTIMENTO DI POLIZIA INVITA TUTTI I CITTADINI A NON USCIRE A NOTTE FONDA E A EVITARE ZONE POCO FREQUENTATE.
PER ADESSO, È TUTTO.
ORA PASSIAMO ALLE PREVISIONI METEO PER LA SETTIMANA.

I PROSSIMI GIORNI SARANNO ALL'INSEGNA DEL BEL TEMPO...
...MOTIVO PER CUI IL FINE SETTIMANA SI PROSPETTA PERFETTO PER UNA GITA ALL'ARIA APERTA.
AAAH...

CERTO CHE OGGI IL CIELO È PROPRIO AZZURRO...

DIECI ANNI FA, QUANDO AVEVO SOLO SEI ANNI...
...PERSI ENTRAMBI I MIEI GENITORI IN UN INCIDENTE STRADALE.
QUEL GIORNO, ANCH'IO ERO IN AUTO INSIEME A LORO...
...MA RIUSCII A SOPRAVVIVERE PER MIRACOLO.
MIO PADRE ERA UN UOMO SEVERO E DI POCHE PAROLE...
...MENTRE MIA MADRE ERA MOLTO GENTILE, OLTRE A ESSERE PROFONDAMENTE RELIGIOSA...

PERÒ, SI SBAGLIAVA. GLI DEI NON ESISTONO.
ALTRIMENTI, I MIEI GENITORI NON SAREBBERO MAI MORTI IN QUEL MODO...
...E COMUNQUE, ANCHE SE NON FOSSE COSÌ, NON POTREI MAI ACCETTARLO.
O, PERLOMENO, QUESTO È CIÒ CHE HO SEMPRE PENSATO...
...FINO A POCO TEMPO FA.
PERCHÈ A PARTIRE DA QUEL GIORNO, INVECE...

CAPITOLO 1

SPLAT
UNA CACCA DI CANE!
ARGH!
...
AH AH!
OOOH, MA DAI!
SPLOTCH

MA COME HAI FATTO A NON VEDERLA? CERTO CHE HAI PROPRIO LA TESTA FRA LE NUVOLE!
LEI È SARA TATSUMI, UNA MIA AMICA D'INFANZIA. IN REALTÀ, IN TUTTI QUESTI ANNI HO SEMPRE PROVATO QUALCOSA PER LEI...
...E ORA CI SIAMO FINALMENTE MESSI INSIEME.
GUARDA CHE È COLPA TUA, SARA! MI HAI PRESO PER MANO SENZA AVVERTIRMI...
E QUINDI? NON POSSO PRENDERE PER MANO IL MIO RAGAZZO?
E SE CI VEDESSE QUALCHE COMPAGNO DI SCUOLA?

NON IMPORTA, NON HO MICA NULLA DA NASCON-DERE!
SMILE
ニッ
AAAH... SONO COSÌ FELICE...
QUASI QUASI IL PROSSIMO FINE SETTIMANA PO-TREI INVITARLA AL LUNA PARK!
EHI!
!
FRUSH
スル
FRUSH
スル
COS'È QUEL-L'ESPRES-SIONE DA BABBEO?

* LETTERALMENTE "SERPENTE BIANCO".

** SUFFISSO ONORIFICO ESTREMAMENTE FORMALE, USATO IN GENERE PER RIVOLGERSI A DIVINITÀ, INDIVIDUI DI SPICCO O PERSONE VERSO CUI SI NUTRE UN PROFONDO RISPETTO.

ECCOCI QUA!
FRUSH
GUARDA CHE CONTO SU DI TE!
LO CAPISCI O NO CHE SENZA OFFERTE SONO DESTINATO A SCOMPARIRE?
SÌ, SCUSA.
COMUNQUE... SBAGLIO O ULTIMAMENTE LE COSE CON SARA STANNO ANDANDO ALLA GRANDE?
MI STAI PER CASO PRENDENDO IN GIRO?
THUD
TANTO PUOI PREVEDERE IL FUTURO, NO? PERCHÉ MI FAI DOMANDE DI CUI CONOSCI GIÀ LA RISPOSTA?
SARÒ ANCHE UN DIO, MA NON POSSO PREVEDERE PROPRIO TUTTO.
GUARDA CHE NON HO ANCORA DECISO SE CREDERE O MENO A QUELLA TUA STORIA DEL DIO...
ANZI, MI SEMBRA ANCORA ASSURDO...

* SANTUARIO SHINTOISTA IN MINIATURA, SOLITAMENTE COLLOCATO ALL'INTERNO DEL CORTILE DI UN SANTUARIO DEDICATO A UNA DIVINITÀ PIÙ CONOSCIUTA E VENERATA.

M-MA CHE...?!
AVANTI, UMANO, FAMMI UN'OFFERTA!
FLUP
U-UN SERPENTE PARLANTE?!
SU, SBRIGATI!
FSSSH
FSSSH
!
FIUU...
MI HAI PROPRIO TIRATO FUORI DAI GUAI...
MA INSOMMA, COSA ASPETTI A INCHINARTI?! GUARDA CHE SONO UN DIO!
CERTO, COME NO... GLI DEI NON ESISTONO...
* IN GIAPPONE I VOTI SI ESPRIMONO IN CENTESIMI.
BE', IN FONDO NON TI BIASIMO... NON È FACILE OBBEDIRMI COSÌ ALL'IMPROVVISO...
!
75 IN GIAPPONESE, 42 IN MATEMATICA, 34 IN INGLESE, 70 IN STORIA, 56 IN FISICA E 38 IN SCIENZE NATURALI*.

M-MA COME FAI A SAPERE I MIEI VOTI DEGLI ESAMI DI METÀ SE-MESTRE?!
QUINDI? ADESSO TI INCHINI O NO?
PERCHÈ SONO UN DIO.
ORA TI DIRÒ ANCHE I RISULTA-TI DEGLI ESAMI DELLA PROS-SIMA SETTI-MANA.
LI HA INDOVI-NATI...
...TUTTI!
Esami di fine semestre
Meguru Ukiyo
221°
240
Giapponese 82
Matematica 31
Inglese 28
Storia 60
Fisica 42
Scienze naturali 33
AVREI PREFE-RITO NON SAPERLI...
UH UH UH! GUARDA CHE LA PAROLA DI UN DIO È LEGGE!
IN OGNI CASO, COME VANNO LE COSE CON LA TUA AMI-CA SARA?
?!

N-NON SONO AFFARI TUOI!
GUARDA CHE TI CAPISCO. DOPO PIÙ DI DIECI ANNI, NON DEVE ESSERE PER NIENTE FACILE CONFESSARE I PROPRI SENTIMENTI A QUALCUNO...
...MA TI ASSICURO CHE ANDRÀ ALLA GRANDE!
?!
HO GIÀ VISTO TUTTO NEL FUTURO!
FIDATI DEL SOTTOSCRITTO, SONO PUR SEMPRE UN DIO!
...!
NON CREDEVO NEMMENO DI POTER PROVARE UNA FELICITÀ SIMILE... GRAZIE DI CUORE, O GRANDE E POTENTE SHIROHEBI-SAMA.
COMUNQUE... COME DICEVO, HO UNA COSA IMPORTANTE DA DIRTI.
?

TU MORIRAI FRA POCO.
DICI SUL SERIO?
IN UN INCIDENTE STRADALE.
C-COSA?
GRIP
7"...
SI TRATTA DEL TUO FUTURO E NON C'È NULLA CHE TU POSSA FARE PER EVITARLO.

CAPISCO...
SEMBRI PIÙ CALMO DEL PREVISTO...
INVECE NON LO SONO PER NIENTE...
...MA FINORA LE TUE PREVISIONI NON HANNO MAI SBAGLIATO...
...E POI...
...DOPO DELLE SETTIMANE COSÌ BELLE, MI SENTO PROPRIO SODDISFATTO.
CERTO, VORREI EVITARE DI FAR SOFFRIRE SARA...

GRAZIE PER AVERMI AVVISATO...
...SHIROHEBI-SAMA.
SONO ARRIVATO TROPPO IN ANTICIPO...
!

C-CASPITA, SEI GIÀ QUI!
BE', SÌ... È LA PRIMA VOLTA CHE FACCIAMO UN'USCITA DEL GENERE...
ANDIAMO?
SÌ!

CHE BELLO! OGGI MI SONO DIVERTITA UN SACCO!
ANCHE IO, PERÒ... SECONDO ME, SEI UN PO' TROPPO FISSATA CON LE MONTAGNE RUSSE!
AH AH! SEI TU CHE SEI UN FIFONE, MEGURU!
SAI, MI SEMBRA TUTTO COSÌ... NUOVO.

CI CONOSCIAMO DA UN MUCCHIO DI ANNI, EPPURE...
...IN QUESTO MOMENTO SENTO IL CUORE CHE MI BATTE ALL'IMPAZ-ZATA.
ANCHE IO...
IN REALTÀ, E' DA QUANDO HO SETTE ANNI CHE HO UN DE-BOLE PER TE...
IO DA QUANDO NE AVEVO CINQUE.
!

FWOOOSH

SHAAAA
SHU
RUMBLE
UFF
È MEGLIO FINIRLA QUI.

FORSE, INIZIARE UNA RELAZIONE DOPO COSÌ TANTI ANNI DI AMICIZIA È STATO UN ERRORE...
CREDO SIA MEGLIO CHIUDERLA SUBITO, PRIMA CHE SIA TROPPO TARDI...
QUINDI...
!
PLIC
PLIC
SHAAA
SCUSAMI...

SHAAAAA
STAZIONE DI FUJIMIDAI
HO FATTO LA COSA GIUSTA...

PLIC
ボタ
PLIC
ボタ
PLIC
ボタ

DEL-
L'ACQUA...
...NERA?
FWHOOOM

FWHOOOM
TUMP
WAAAAH!

AH...
MI SA CHE CI SIAMO...

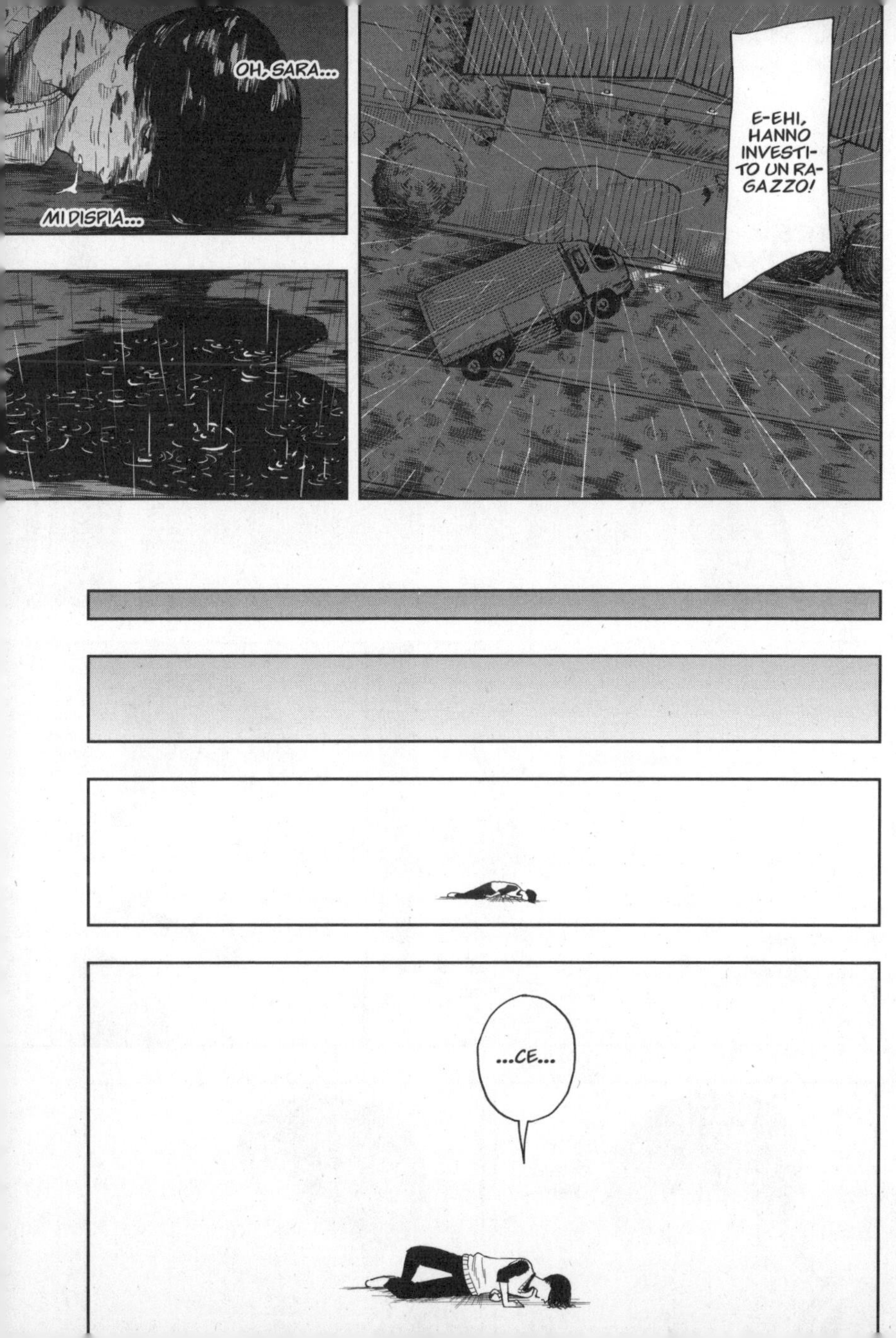
E-EHI, HANNO INVESTI-TO UN RA-GAZZO!
OH, SARA...
MI DISPIA...
...CE...

BUON-GIORNO...
BE, IN REALTÀ PER TE NON CI SARÀ PIÙ NESSUN GIORNO.
SHIROHEBI-SAMA!
QUINDI, SONO...
MORTO, SÌ.
CAPISCO... BENE...

ALMENO SONO RIUSCITO A LASCIARE SARA PRIMA DI ANDARMENE...
SPERO DI AVERLA FATTA SOFFRIRE UN PO' DI MENO...
COME STA LA BAMBINA CHE HO CERCATO DI SALVARE?
E' VIVA, SI E' FATTA SOLO QUALCHE GRAFFIO.
OOOH, MENO MALE...

MERDAAAAAAAAAAA!
MERDA, MERDA, MERDA, MERDA, MERDA, MERDA, MER-DAAAAA!
PER-CHÈ SONO MORTO COSÌ PRE-STO?!
PERCHÈ A ME?! PERCHÈ?! PERCHÈ?! PERCHÈ?!
PERCHÈ PROPRIO ADES-SO...
...CHE ERO FINAL-MENTE FELICE CON SARA?!
URGH...!
GWAAAAAAAAAAAA
AAAAAAAAAAAA
AAAAAAAAAAH!

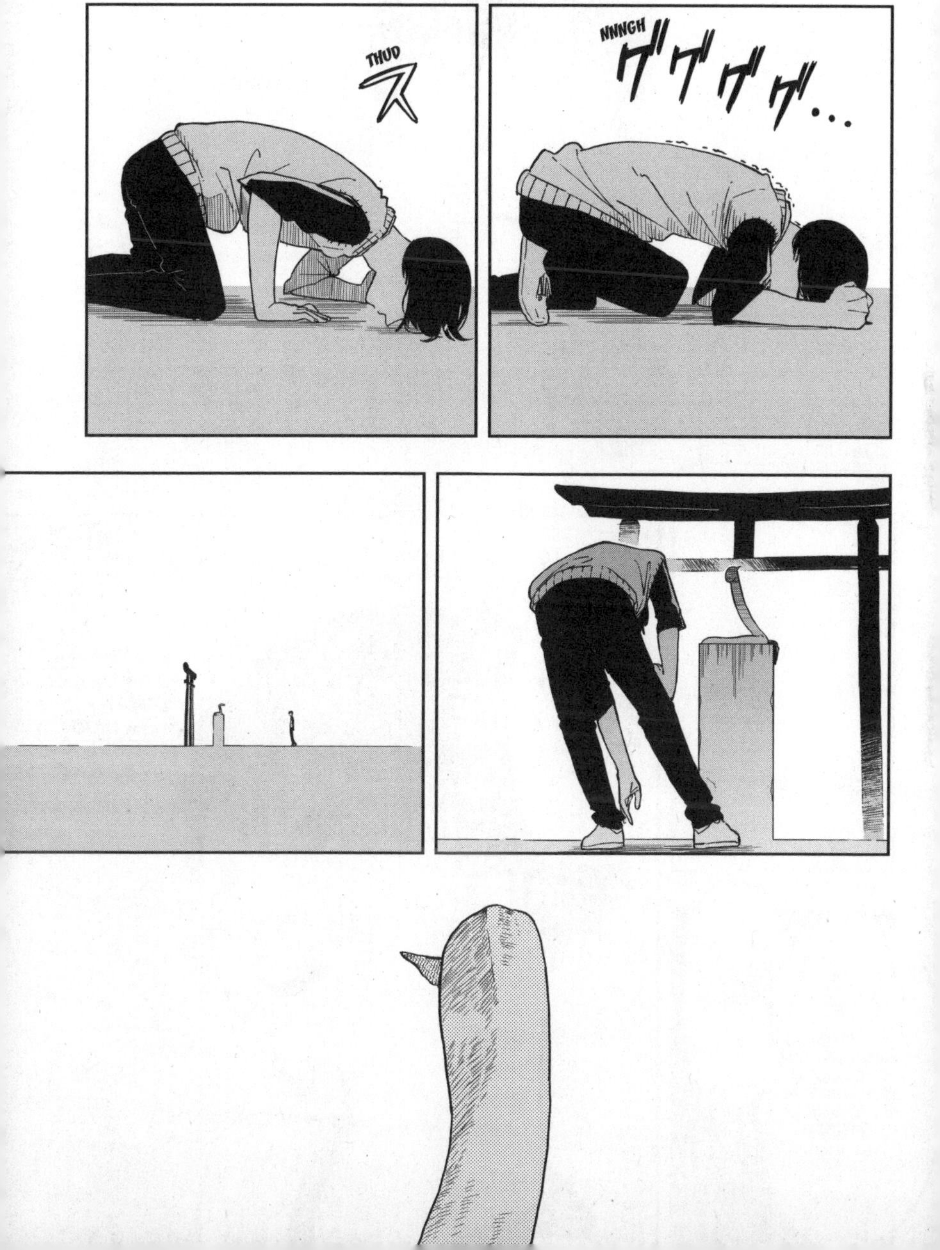
THUD
ス
NNNGH
ググググ...

MI SONO CALMATO.
ALLORA TI PORTO NEL REGNO DEI MORTI.
ASPETTA.
!
SONO IN PENSIERO PER LEI...
NON E` CHE POTRESTI DIRMI CO-SA SUC-CEDERÀ A SARA?
E VA BENE...
ALLORA MI SERVIRÒ DEI TUOI OCCHI PER SBIRCIA-RE NEL SUO FUTURO...
FRUSH
FRUSH

SHAAAAA
...?
MA CHE...

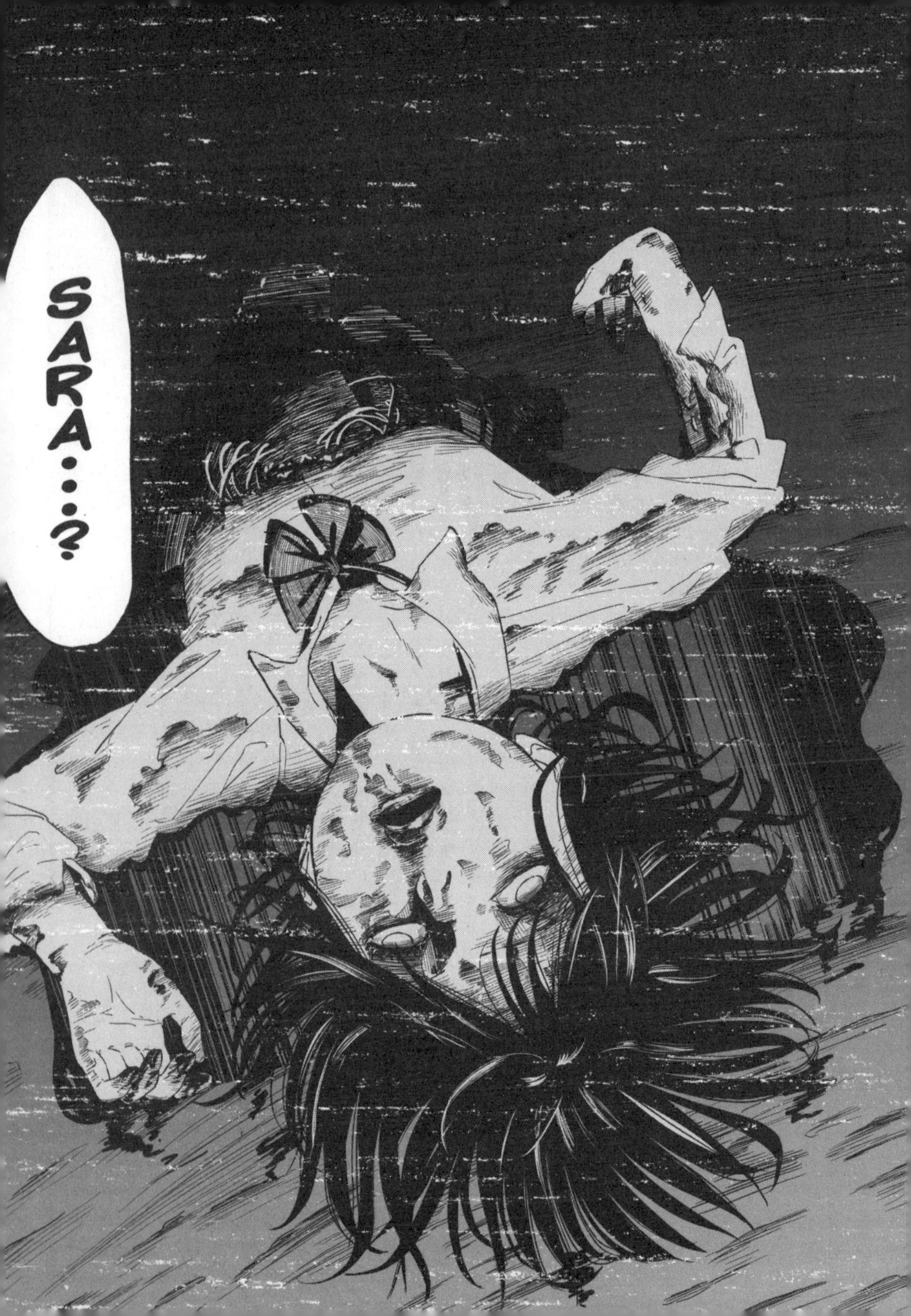
SARA...?

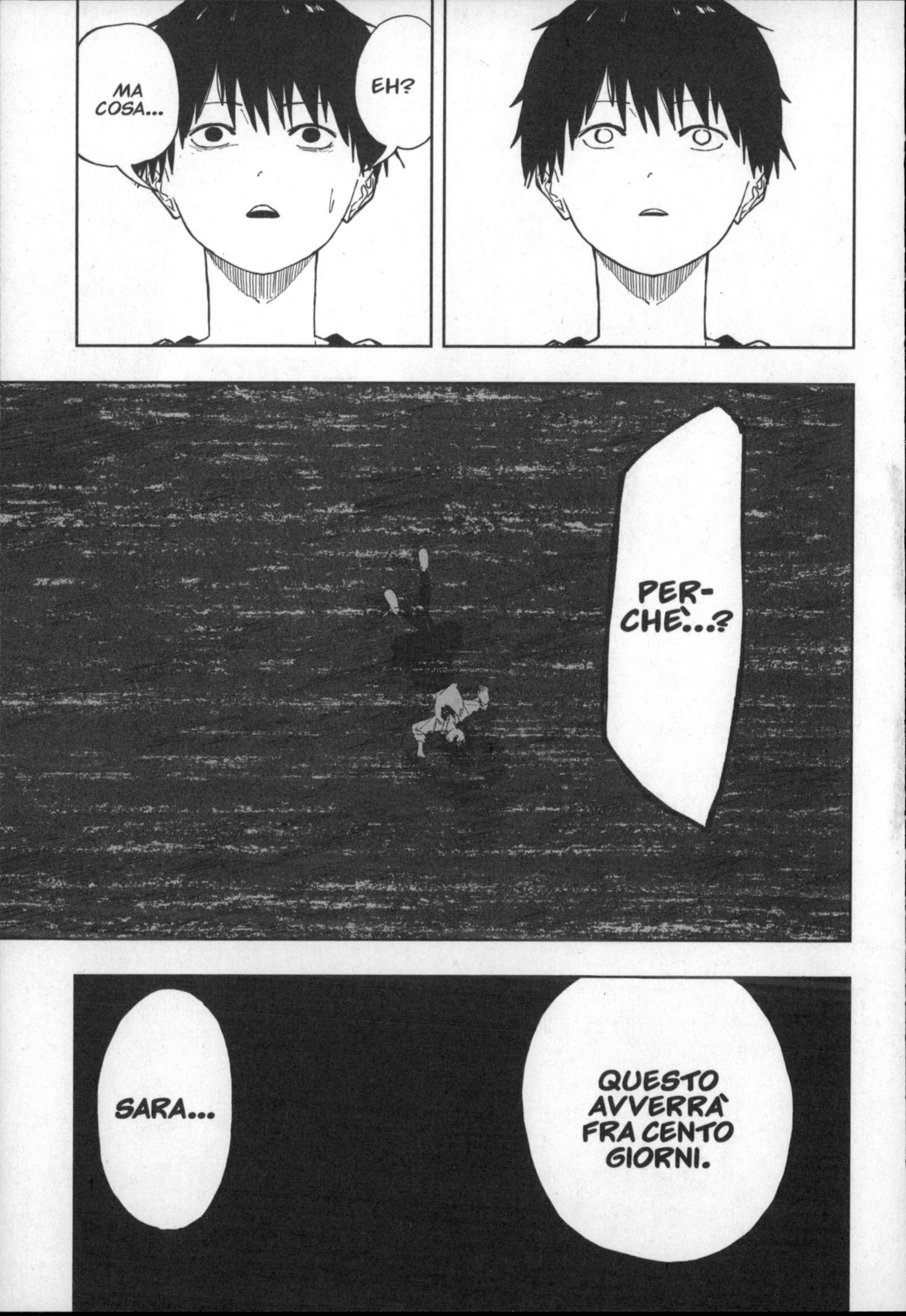
EH?
MA COSA...
PERCHÈ...?
QUESTO AVVERRÀ FRA CENTO GIORNI.
SARA...

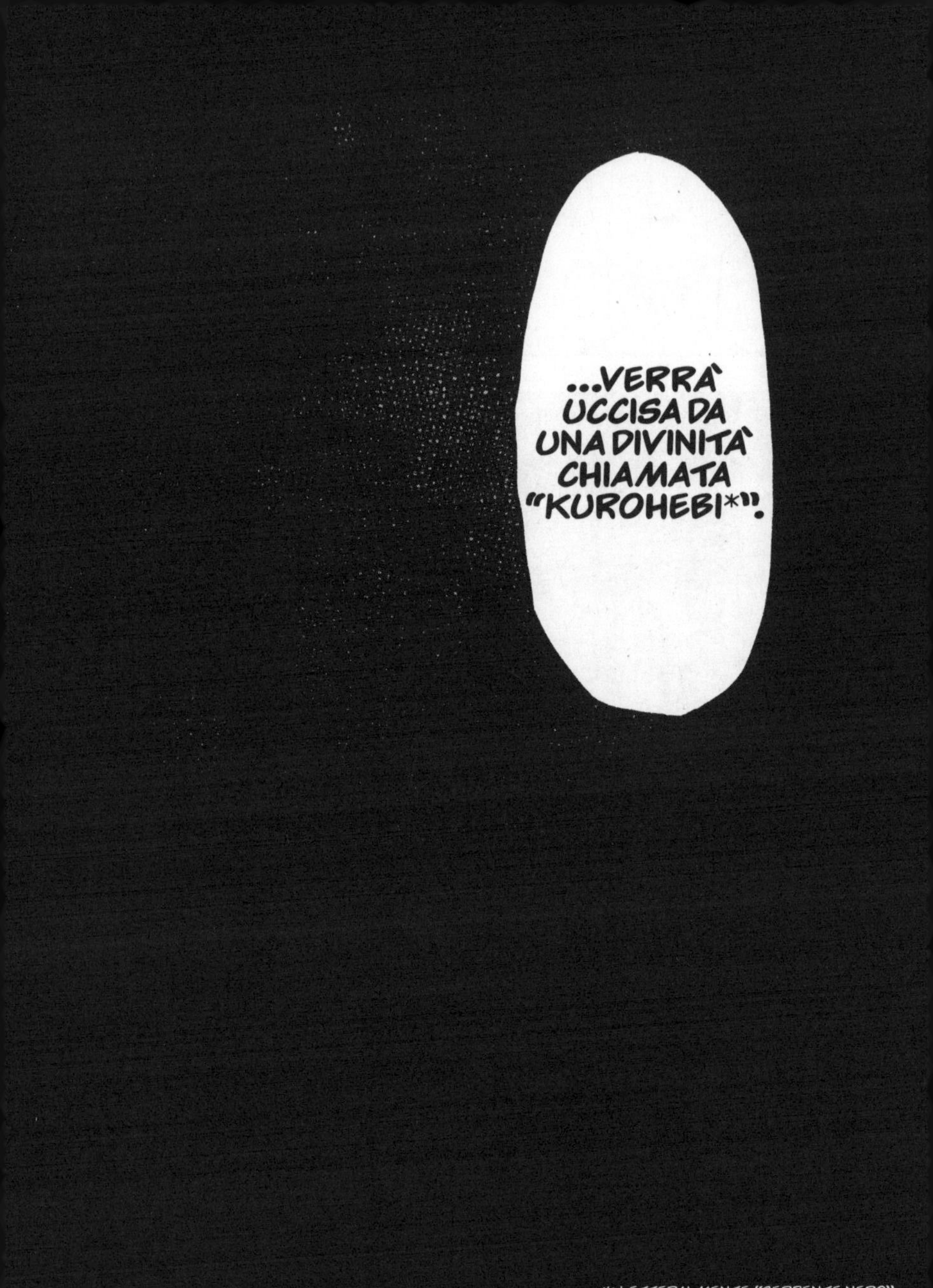

* LETTERALMENTE "SERPENTE NERO".

I-IN CHE SENSO...?
NON SO COME MAI, MA RIESCO A SCORGE-RE SOLO DEI FRAMMENTI DI CIÒ CHE ACCADRÀ...
NON POSSIA-MO FARE PROPRIO NULLA?
NO, SI TRATTA DEL SUO DESTINO.

TI PREGO, SHIROHEBI-SAMA! DEVI SALVARLA, TI SUPPLICO!
IN CAMBIO FARÒ TUTTO CIÒ CHE VUOI, TE LO GIURO!
PER FAVORE, SHIROHEBI-SAMA...
...SALVA SARA!

OGNI DESIDERIO ESPRESSO A NOI DIVINITÀ RICHIEDE IL GIUSTO PAGAMENTO...
SE SEI DISPOSTO A UCCIDERE KUROHEBI PER ME...
...POTREI DONARTI LA FORZA NECESSARIA PER CAMBIARE IL DESTINO.

MA CERTO! TUTTO QUELLO CHE VUOI!
FARÒ A PEZZI KURO-HEBI, TE LO GIURO!
DAMMI IL POTERE DI CAMBIARE IL DESTINO...
...E NON TI DELUDERÒ!

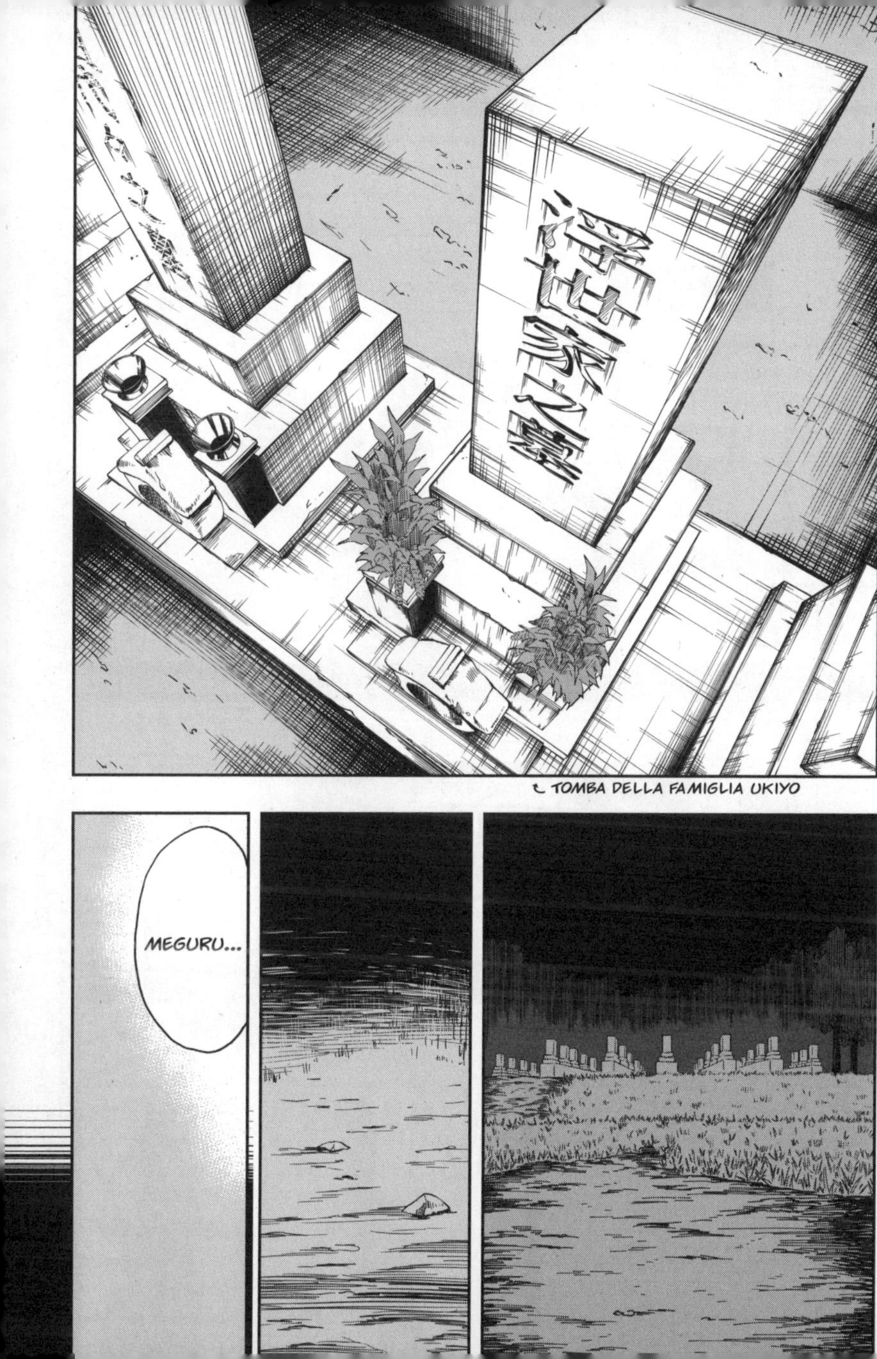
浮世家之墓
TOMBA DELLA FAMIGLIA UKIYO
MEGURU...

GUARDA CHE, SE NON TI METTI QUALCOSA DI PIU` PESANTE, FINIRAI PER AMMALARTI.
!
FLUP
GRAZIE...
LA MAMMA... MI HA PROTETTO...

IN QUEL MOMENTO...
...HA CERCATO DI PROTEG-GERMI!
SAREI DOVUTO MORIRE IO AL POSTO SUO!
COSÌ LEI SAREBBE ANCORA VIVA...!
SE SOLO IO...

GNUP
!
GUARDA CHE, SE FOSSI MORTO TU, IO SAREI DAVVERO A PEZZI...
...E ANCHE TUA MADRE SAREBBE DISTRUTTA!
NON IMPORTA COSA ACCADRÀ, D'ORA IN POI...
...CI PENSERÒ IO A PROTEGGERTI!
E SE, INVECE, DOVESSE SUCCEDERE QUALCOSA A ME?

COSA FARESTI, MEGURU?
SE TU DOVESSI ESSERE IN PERICOLO...
...CI PENSERÒ IO...
...A PROTEGGERTI...
È UNA PROMESSA.
FRUSH

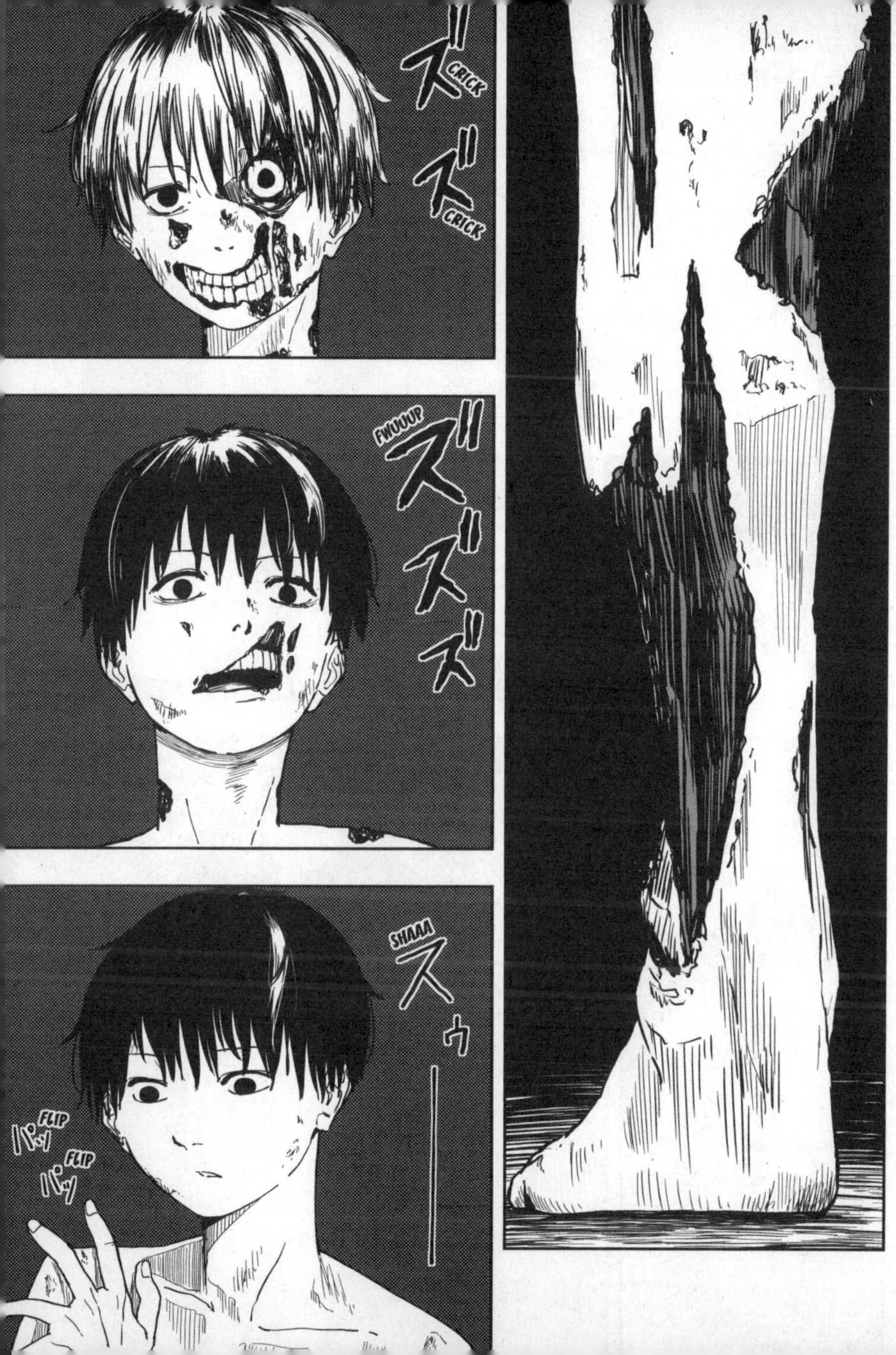

ズズズ
CRICK
CRICK
ズズズズ
FWUUUP
スゥー
SHAAA
パッ
FLIP
パッ
FLIP

SONO TORNATO IN VITA...
DOVE SEI, SHIROHEBI-SAMA?
QUI!
?
?
DENTRO DI TE, INTENDO.
IN CHE SENSO?
NON HO PIÙ ABBASTANZA ENERGIE PER MANTENERE LA MIA FORMA FISICA, LE HO CONSUMATE TUTTE PER LA TUA RESURREZIONE.
CAPISCO... CERTO CHE TI HO FATTO PROPRIO FATICARE...
NON IMPORTA, SONO DISPOSTO A QUESTO E ALTRO PUR DI TOGLIERE DI MEZZO KUROHEBI UNA VOLTA PER TUTTE.

A PROPOSITO, DOV'È QUESTA DIVINITÀ DI NOME KUROHEBI?
GUARDA IN ALTO.
ORA DOVRESTI ESSERE IN GRADO DI VEDERLA.
?!

オオオ。

WHOOOOOOO

E QUELLO CHE ROBA È...?
SI TRATTA PROPRIO DI KUROHEBI. GLI ESSERI UMANI NON SONO IN GRADO DI PERCEPIRE LA SUA PRESENZA...
...MA ORMAI È UN BEL PO' CHE SE NE STA LÌ...
...A VAGARE IN CIELO SENZA META.
!

SHAAAAA
?!
OH, NO! CI HA SCOPERTO!
SCAPPA, PRESTO!
BLOB
BLOB
BLOB
BLOB
BLOB
?!

ボコ
BLOB
...!
ボコ
BLOB
MA CHE ROBA E`?
SONO DEI MOSTRI NATI DALLE SOSTANZE DI SCARTO RILASCIATE DA KUROHEBI! STA´ ATTENTO, QUESTE CREATURE SI NUTRONO DI ESSERI UMANI!
!

DEVE AVER PERCEPITO LA NOSTRA PRE-SENZA QUANDO HO USATO I MIEI POTERI!
PRESTO, DOBBIAMO ANDAR...
NON SO PERCHE` KURO-HEBI ABBIA INTENZIONE DI UCCIDERE SARA...
WHIRL
...MA UNA COSA E` CERTA, QUESTI COSI NON SONO DALLA NOSTRA PARTE.
FWUP
FSHAAAAAA

SPLOT
CHIUNQUE OSA INTRALCIARMI DEVE MORIRE.
MA COME...
BLUB
BLUB
E PENSARE CHE NON GLI HO ANCORA SPIEGATO COME USA-RE I MIEI POTERI...
FWHOOOM

NON LASCERÒ CHE DEI MOSTRI SCHIFOSI COME VOI DIANO FASTIDIO A SARA.

GWOOOH

THUD
SPLOT
SPLOT

QUINDI, SONO DIVENTATO UN MOSTRO ANCH'IO?
BE', DAL PUNTO DI VISTA DEGLI ESSERI UMANI, SÌ.
...
PAZIENZA, NON IMPORTA... L'IMPORTANTE È RIUSCIRE A SALVARE SARA.
CERTO CHE...

...IL CIELO È PROPRIO SCURO.

CAPITOLO 2
INDOVINA CHI SONO!

VUOI SMETTERLA CON QUESTI GIOCHETTI DA BAMBINI? ORMAI SIAMO ALLE SUPERIORI, DATTI UN CONTEGNO...
...SARA!
MA SE ABBIAMO PERFINO FATTO IL BAGNO INSIEME!
È SUCCESSO UNA VITA FA...
TI PREGO, SMETTILA DI FARE COSÌ.
MA SÌ, DAI! SIAMO O NON SIAMO AMICI D'INFANZIA?

CAPITOLO 2

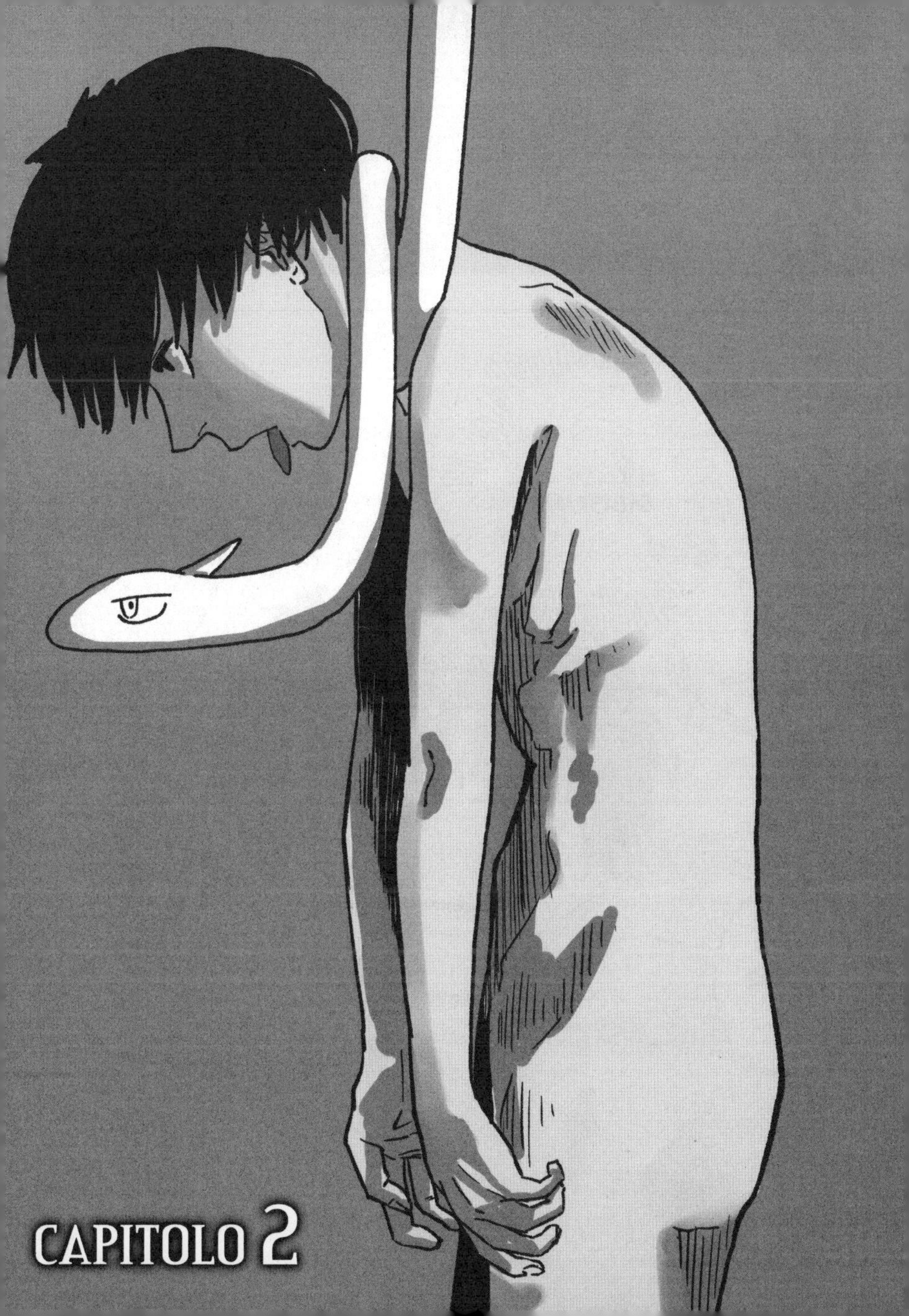

MEGURU?
EHI, MEGURU!
EH EH EH...
SVEGLIA, MEGURU!
CRICK
CRICK
MH?

ゲヂュ
CRICK
?
グヂュ
CRICK
ゲチュ
CRICK
AH...

MI SA CHE STAVO SOGNANDO...

FACCIO UN PO' FATICA A RICORDARE COS'È SUCCESSO IERI, SHIROHEBI-SAMA...
PER FORZA, TI HANNO FRACASSATO MEZZA TESTA.
...?
APPENA SEI TORNATO IN VITA, HANNO INIZIATO A PIOMBARTI ADDOSSO UN SACCO DI IMPURITÀ.
IMPURITÀ?
I MOSTRI CHE SONO CADUTI DA KUROHEBI.
AAAH, SÌ, QUELLI...
GUARDA CHE SE LO LASCI LAGGIÙ FINIRANNO PER PAPPARSELO!
URGH...
?!
WHRRR

WHOOOOOO
AH...
SONO SENZA UN BRACCIO...

グチュ
CRICK
グチュ
CRICK
SI È RIATTACCATO.
A QUANTO PARE, SÌ.
CERTO CHE SEMBRO PROPRIO UN MOSTRO.
BE', DI SICURO NON SEI PIÙ UN ESSERE UMANO, VISTO CHE SEI RESUSCITATO.
MMMH...

TI VEDO PARECCHIO ABBATTUTO...
EH?
E PENSARE CHE, MENTRE MI RACCONTAVI DI SARA DAVANTI ALL'HOKORA...
...ERI COSÌ SU DI GIRI...
POTRESTI EVITARE DI RICORDARMELO?
È SOLO CHE...
...FACCIO ANCORA FATICA A CREDERE CHE TUTTO QUESTO STIA SUCCEDENDO DAVVERO...

DASH
TOMBA DELLA FAMIGLIA UKIYO
浮世家之墓
DOPOTUTTO, NON AVREI MAI IMMAGINATO CHE...
...SAREI MORTO...
...PER POI TORNARE IN VITA...

SONO SUCCESSE TALMENTE TANTE COSE NEL GIRO DI COSÌ POCO TEMPO...
...CHE NON RIESCO NEMMENO A TROVARE LE FORZE PER REAGIRE...
VISTO CHE SEI RESU-SCITATO...
...VUOI APPROFIT-TARNE PER RIVEDERE SARA?
!
NO...

DAI, MEGURU!
SBRIGATI!
GUARDA CHE TI LASCIO QUI, EH!
SPLUT
ツゥー

NON ANCORA.
PRIMA...
...DEVO CAMBIARE IL SUO DESTINO...
GRIP

LICK
NON LASCERÒ CHE LEI MUOIA IN QUEL MODO!
LICK
SE NECES-SARIO...
...SONO ANCHE DI-SPOSTO A SACRI-FICARE IL MIO CORPO!

TAP

EH...?
M-MEGURU...?

M-MEGURU...?
TAP
ECCOLA LÌ... E ORA CHE SI FA?
...!
NON HO IDEA DI QUANTO SIA PASSATO DALLA MIA MORTE...
A ME SEMBRA COME SE FOSSE STATO IERI!
TAP
TAP
TAP
TAP
L'HO PERFINO LASCIATA SUBITO PRIMA DI TIRARE LE CUOIA...!
NON POSSO MICA PRE-SENTARMI DAVANTI A LEI COME SE NIENTE FOSSE!
URGH!
SCUSATI E BASTA!
FLAP
?

MEGURU...
PERCHE`
SEI TUTTO
NUDO?

FLAP
GWOOO-OOOOH!
BE', ECCO... COME DIRE...
THUD
È UNA STORIA MOLTO LUNGA...!
?!
SARA...
FRUSH
ス
!

PAT
?
PAT
PAT
S-SARA...?
RIESCO A TOCCARTI...
MEGURU...
...IO RIESCO A TOCCARTI...

NON CAPISCO... COM'È POSSIBILE?!
COSA STA SUCCEDENDO?!
SIGH...
SOB...

GWAAAAAAAAAH!
SARA...

I-IO...
IO...
...DEVO DIRTI...
...UNA COSA!

IO TI AMO!

SCUSA SE TI HO LASCIATO...
NON AVREI MAI VOLUTO FARLO!
SIGH...
SOB...
GUARDA CHE LO SO! L'HO SEMPRE SAPUTO!

FWHOOOM
FRUSH
IO... SONO ANCORA VIVO.
È TUTTO VERO, CREDIMI!
PERÒ...

...ORA DEVO FARE UNA COSA IMPORTANTE.
QUINDI, TI PREGO... DI ASPETTARE ANCORA UN PO'...
GRAB
DEVI AVER SOFFERTO DAVVERO TANTO PER COLPA MIA...
MI DISP...
ASPETTERÒ!
FRUSH

ANCHE IO TI AMO, MEGURU!
GRAZIE...

POTRESTI CHIUDERE GLI OCCHI PER UN SECONDO?
VA BENE...
TORNERÒ, TE LO PROMETTO...

浮世家
SCEMO...

SHAAAAA
MI SONO DIMENTICATO DI RESTITUIRLE IL CAPPOTTO...
SICURO CHE ESSERSI ALLON-TANATO DA LEI IN QUEL MODO SIA STATA UNA BUONA IDEA?
...

PER TUTTI QUESTI ANNI...
...SARA È SEMPRE STATA UNA PERSONA TANTO FORTE QUANTO GENTILE...
...E NON L'AVEVO MAI VISTA PIANGERE IN PUBBLICO, NEMMENO UNA VOLTA.
MI HA TIRATO FUORI DAI GUAI IN UN SACCO DI OCCASIONI...
...MA MI SBAGLIAVO.
NON SAPEVO CHE...
...ANCHE LEI POTESSE SCOPPIARE IN LACRIME IN QUEL MODO...

TU MORIRAI FRA POCO.

QUANDO SONO VENUTO A SAPERE DEL MIO DESTINO...
...SONO STATO IN GRADO DI PRENDERE LA NOTIZIA CON PARECCHIA FILOSOFIA.
DOPOTUTTO...
...LA VITA DI NOI ESSERI UMANI È APPESA A UN FILO...
...E LA MIA NON FACEVA ECCEZIONE.
PERÒ...

NON POSSO ACCETTARE CHE QUALCUNO A CUI TENGO MOLTO MUOIA COSÌ PRESTO.
OVVIAMENTE, SARA È PROPRIO UNA DI QUELLE PERSONE.
LA PROSSIMA VOLTA CHE CI INCONTREREMO, SCOMMETTO CHE CHIACCHIEREREMO TALMENTE A LUNGO...
...DA PERDERE LA COGNIZIONE DEL TEMPO.
ORA, PERÒ, IO NON...
SENTI, SHIROHEBI-SAMA...
SARA MORIRÀ, GIUSTO?

OH, SÌ.
SE LE COSE RIMARRANNO COSÌ, NON HA ALCUNA SPERANZA DI SOPRAVVIVERE.
ALLORA, TI PREGO...
...INSEGNAMI A CAMBIARE IL DESTINO!

ALLORA, TI PREGO...
INSEGNAMI A CAMBIARE IL DESTINO!
CAPITOLO 3
TAP
TAP

NON NE SONO CAPACE.
...
EH?

CAPITOLO 3

A PROPOSITO... SBAGLIO O NON RICORDI NULLA DEL TUO PASSATO, SHIROHEBI-SAMA?
ESATTO, MI SONO SVEGLIATO IN QUELL'HOKORA POCO PRIMA CHE ARRIVASSI TU.
IN QUEL MOMENTO, AVEVO SOLO DUE CERTEZZE...
LA PRIMA È CHE LE MIE VISIONI DEL FUTURO SONO SEMPRE VERE...
...E LA SECONDA È CHE DEVO UCCIDERE KUROHEBI, COSTI QUEL CHE COSTI.
SONO SEMPRE VERE...?
GIÀ, ED È PROPRIO PER QUESTO...
...CHE HO DECISO DI RIPORTARTI IN VITA!

IN QUESTO MOMENTO, TU SEI L'UNICO A ESSERE USCITO DAL SOLCO DEL PROPRIO DESTINO...
NEMMENO IO SONO IN GRADO DI PREVEDERE CIÒ CHE TI ACCADRÀ DA QUESTO MOMENTO IN AVANTI...
PRIMA TE NE RENDI CONTO, E MEGLIO È, MEGURU...!

LO SO, PROPRIO PER QUESTO DEVO STARE LONTANO DA SARA.
...?
IN BASE ALLA TUA VISIONE, LA SUA MORTE AVVERRÀ FRA CENTO GIORNI...
...E, QUINDI, SIAMO SICURI CHE NEL FRATTEMPO NON LE SUCCEDERÀ NULLA DI MALE.
PER QUEL CHE NE SAPPIAMO, LA MIA PRESENZA POTREBBE CAMBIARE IL SUO DESTINO IN PEGGIO.

IN EFFETTI, SARA POTREBBE ANCHE MORIRE PER COLPA TUA.
UH UH UH UH
...
GRAZIE, SHIROHEBI-SAMA.
MH? PER COSA?
SE NON FOSSE PER TE, IN QUESTO MOMENTO NON MI TROVEREI QUI...
...E NON SAPREI NULLA SUL DESTINO DI SARA.
ORA, INVECE, POSSO AGGRAPPARMI A UN BARLUME DI SPERANZA ED E` SOLO MERITO TUO...
ECCO PERCHÈ...

...IO...
...CE LA METTERÒ TUTTA!
YAAAAWN
...
COSA C'È?
MI FACCIO UN PISOLINO.
?!
EH?!
GUARDA CHE HO GIÀ FATTO TUTTO QUELLO CHE POTEVO...
HO SPREMUTO IL MIO POTERE FINO ALL'ULTIMA GOCCIA.
SÌ, MA ASPETTA UN ATTIMO! DEVO CHIEDERTI ANCORA UN SACCO DI COS...
AH, QUASI DIMENTICAVO...

FA' ATTENZIONE ALLA TESTA.
QUELLA IMPIEGA PIU` TEMPO A RIGENERARSI RISPETTO ALLE ALTRE PARTI DEL CORPO E BASTEREBBE COLPIRTI MENTRE NE SEI SPROVVISTO PER UCCIDERTI DI NUOVO.
E-EHI!
BENE, IO VADO.
BUONANOTTE.
...!
MA TI METTI A DORMIRE SUL SERIO...?
...
OOOH, INSOMMA... E FRA QUANTO PENSI DI SVEGLIARTI?
E COMUNQUE, CI ARRIVAVO ANCHE DA SOLO CHE E` MEGLIO FARE ATTENZIONE ALLA TESTA...

SPLOOOTCH

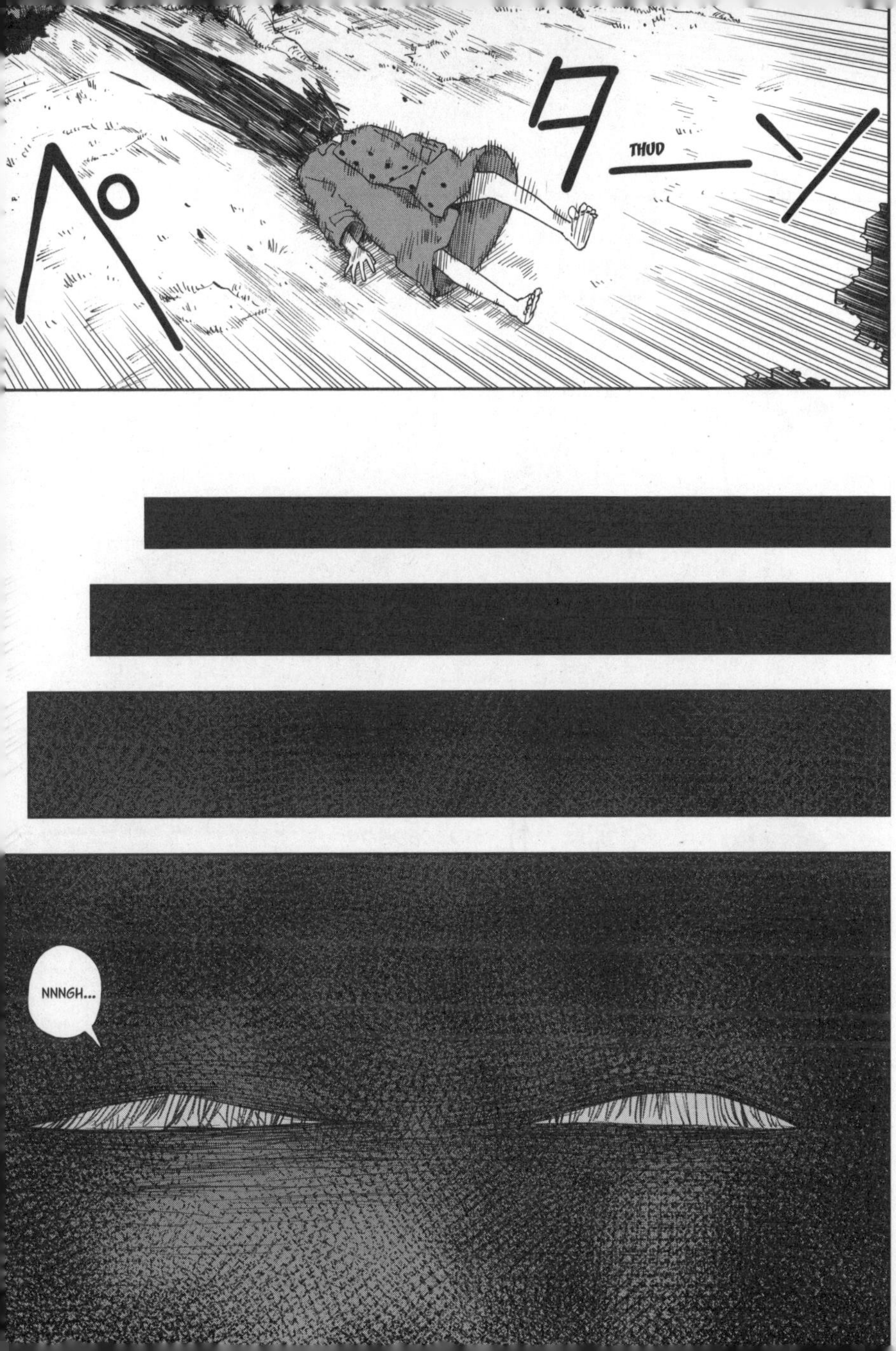
ペターン
THUD
NNNGH...

?!
COS'È SUCCESSO? NON RICORDO NULLA... MI HANNO FATTO SALTARE LA TESTA?
URGH! NON CI CREDO, TI È RICRESCIUTA DAVVERO!
CHE SCHIFO!
!

BUON-GIORNO!
E TU CHI SEI?
MI CHIAMO KUJIRA MITSUAMI...
...PIACERE DI CONOSCERTI!

SENTI... MITSUAMI, DOVE MI TROVO?
SIAMO AL SESSANTADUE-SIMO PIANO DELLA SEDE CENTRALE DELLA TORA ELECTRONICS!
?!

LA TORA ELECTRONICS... UN MOMENTO, INTENDI L'AZIENDA NUMERO UNO NEL MONDO DEGLI ELETTRODOMESTICI?! QUELLA "TORA ELECTRONICS"?!
SI ERA FATTA UN NOME GRAZIE ALLA FAMOSISSIMA PUBBLICITÀ DEI TRE TESORI DELLA TORA ELECTRONICS, PER POI PASSARE ANCHE ALLO SVILUPPO DI SMAR ONE E COMP E NON È TU CON IL PASSA LI ANNI HA AL IL SUO AMBIT A DIVENTARE DI RIFERIMEN- QUALSIASI DISPOS ELETTRONICO UTI ALLA VITA DI TUTTI I GIORNI! PARLIAMO SUL SERIO DI QUELLA "TORA ELECTRONICS"?
GIÀ, PROPRIO QUELLA!
MA COSA CI FACCIO IN UN POSTO DEL GENERE...?
AAAH, GIUSTO! MI SA CHE TI DEVO DELLE SCUSE!
!
MI DISPIACE DI AVERTI FATTO SALTARE PER ARIA LA TESTA IERI! SCUSAMI TANTO!
EEEH?!
COMUNQUE, NON CREDEVO CHE TI SAREBBE RICRESCIUTA GIÀ NEL GIRO DI UN GIORNO! SONO RIMASTA DAVVERO DI STUCCO!

MA SI PUÒ SAPERE CHI DIAVOLO SEI?
TE L'HO DETTO, NO? MI CHIAMO KUJIRA!
EH
EH
QUESTA È COMPLETAMENTE FUORI...!
COMUNQUE, NON ME LA BEVO. UN'AZIENDA COME LA TORA NON RAPIREBBE MAI QUALCUNO...
E VA BENE, TE LO DICO... MA NON DEVI RACCONTARLO A NESSUNO, INTESI?

QUESTA È LA DIVISIONE ANTI-IMPURITÀ DEL DIPARTIMENTO PER LA SICUREZZA MONDIALE DELLA TORA ELECTRONICS!
SI TRATTA DI UN RAMO DELL'AZIENDA AVVOLTO NEL MISTERO, LA CUI ESISTENZA È NOTA SOLO A POCHI INDIVIDUI AI PIANI ALTI!
ALLORA, COSA NE DICI? SCOMMETTO CHE VAI PAZZO PER LE RAGAZZE ENIGMATICHE COME LA SOTTOSCRITTA!
SIAMO SICURI CHE QUESTA SIA DAVVERO LA TORA ELECTRONICS?
QUESTA È TUTTA MATTA...
COMUNQUE, SAPEVO CHE AVREI FATTO BENE A PORTARTI QUI!
FRUSH
!

COSA NE DIRESTI DI UN BEL BACIO?
EH? MA ANCHE NO...
E POI, PERCHÈ DOVREI?
BE'... OGNI VOLTA CHE TROVO UN RAGAZZO CHE RIENTRA NEI MIEI GUSTI, MUOIO DALLA VOGLIA DI BACIARLO!
È COME SE SENTISSI UN DISPERATO BISOGNO DI CALORE UMANO E LA NECESSITÀ DI UNIRE LE MIE LABBRA ALLE SUE! DOPOTUTTO, UNA RAGAZZA DELLA MIA ETÀ HA LE SUE ESIGENZE!
PIANTALA CON QUESTE STUPIDAGGINI! GUARDA CHE IO HO...
CLUNG

?!
CLANG
HO USATO DELLE CIOCCHE DEI MIEI CAPELLI COME MANETTE...
SONO PIUTTOSTO SOTTILI, MA LE HO MODIFICATE IN MODO CHE RISULTINO INDISTRUTTIBILI!
ACCIDENTI, L'IDEA DI BACIARE UN RAGAZZO IMMOBILIZZATO MI FA BATTERE IL CUORE ALL'IMPAZZATA!
MUAAAH!

?!
SBAAAM
GWAAAH!
FWHOOOM
FLAP
M-MA CHE...
?!

SPLOTCH
TI SEI TAGLIATO LA MANO DA SOLO...?
NON È NIENTE, POSSO RIATTACCARMELA SUBITO... ANCHE SE FA UN MALE CANE...
E COMUNQUE...
...PROVA DI NUOVO A BACIARMI CON QUELLE TUE LABBRA LURIDE...
TWACK
...E GIURO CHE TI AMMAZZO.
TWACK

LE MIE LABBRA NON SONO LURIDE!
...
GUARDA CHE È SOLO UN MODO DI DIRE, NON È QUESTO IL PUNTO!
AH! GIUSTO!

SI TRATTA DI SARA, VERO?
?!
COME FAI A SAPERLO...?!
SE SI È SUFFICIENTEMENTE RICCHI, NON ESISTONO INFORMAZIONI CHE NON SI POSSONO OTTENERE!
...!
QUINDI, FAI DAVVERO SUL SERIO CON LEI!
TUTTAVIA...
...TI SUGGERISCO DI APPROFITTARNE E BACIARE UNA RAGAZZA, FINCHÈ PUOI.
?

DOPOTUTTO, FRA POCO MORIRAI DI NUOVO!
...
EH?

...
IN CHE SENSO?
BE', SEI PUR SEMPRE UN ESSERE UMANO RESUSCITATO...
NON POSSO MICA FARMI SFUGGIRE L'OCCASIONE DI DISSEZIONARTI E ANALIZZARTI PEZZO PER PEZZO!
...?!
QUINDI...

...LASCIA CHE RENDA PIACEVO-LI I TUOI ULTIMI MOMENTI CON UN BEL BACIO! ♥
DEVO TROVARE UN MODO PER DARMELA A GAMBE...

QUINDI...
...LASCIA CHE RENDA PIACEVOLI I TUOI ULTIMI MOMENTI CON UN BEL BACIO! ♥
CAPITOLO 4
DEVO TROVARE UN MODO PER DARMELA A GAMBE...

CRAAASH
?!
THUD
CI RISIAMO...

オオオオオ
GWOOOOOH
...
MH?
あれー
MA COME HA FATTO A ENTRARE?
FLAP
ヒラ
!
限定

GWOOOOOH
!
FHOOOM

SBAAAM
C'È MANCATO POCO...
PERÒ...
...DA QUANDO SONO TORNATO IN VITA, HO COME L'IMPRESSIONE DI ESSERE DIVENTATO MOLTO PIÙ AGILE...
MI SA CHE C'È LO ZAMPINO DI SHIROHEBI-SAMA...

オエ
FWOP
BENE! ORA POSSO APPROFITTARE DI TUTTA QUESTA CONFUSIONE PER TAGLIARE LA CORDA!
SEMBRA CHE QUELLA RAGAZZA SAPPIA QUALCOSA RIGUARDO A TUTTA QUESTA STORIA, MA NON POSSO RISCHIARE DI FARMI AMMAZZARE...
FRUSH
TANTO, HA DETTO DI ESSERE DELLA DIVISIONE ANTI-IMPURITÀ, NON CREDO ABBIA BISOGNO DEL MIO AIUTO PER CAVARSEL...
THOMP

EH?
COME OSI DEVASTARE LA MIA STANZA?! E PENSARE CHE L'AVEVO APPENA RINNOVATA!
HAI ANCHE STRAPPATO TUTTI I MIEI POSTER! GUARDA CHE QUELLO ERA UN'EDIZIONE LIMITATA DEL LANCIO DELL'ANIME DI KARA!
ERA IL MIO TESORO PIÙ PREZIOSO E L'HAI FATTO A PEZZI!
GIURO CHE TI AMMAZZO!
IO TOLGO IL DISTURBO.

ASPETTA, MEGURU!

VUOLE CHE LE PORTI LE BORSE?
DAVVERO NON TI DISPIACE?
CERTO, NON SI PREOCCUPI!
OOOH, GRAZIE!
GUARDA CHE QUELLA VECCHIETTA SAREBBE RIUSCITA AD ATTRAVERSARE ANCHE DA SOLA...
SÌ, PUÒ DARSI... PERÒ SEMBRAVA IN DIFFICOLTÀ...
E POI...

...DOPO AVER COMPIUTO UNA BUONA AZIONE, IL CIBO HA SEMPRE UN SAPORE MIGLIORE!
CERTO, COME NO!
OOOH... ERA SEMPRE COSÌ GENTILE...
QUANDO QUALCUNO AVEVA BISOGNO D'AIUTO, SARA NON SI TIRAVA MAI INDIETRO...
GUARDA CHE È VERO! OFFRIMI IL PRANZO E LO SCOPRIRAI!
COSA?!
INFATTI, MI HA TIRATO FUORI DAI GUAI UN SACCO DI VOLTE...
TWACK
TWACK

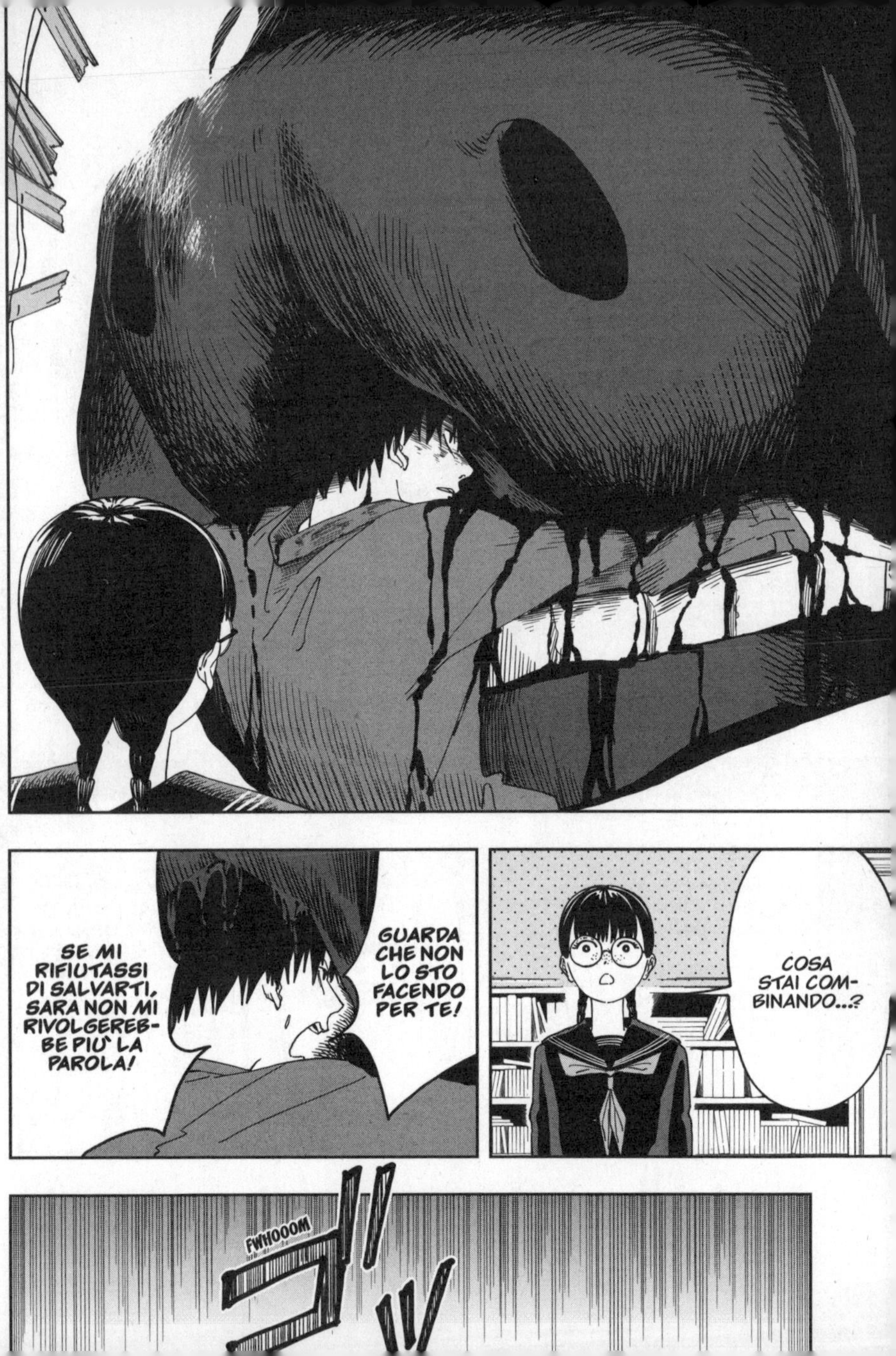
COSA STAI COMBINANDO...?
GUARDA CHE NON LO STO FACENDO PER TE!
SE MI RIFIUTASSI DI SALVARTI, SARA NON MI RIVOLGEREBBE PIU' LA PAROLA!
FWHOOOM

MUNCH
THUD

TWACK
クン
ギョロ
ギョロ
WHIRL
WHIRL

SPLAT
SPLAT
FWHOOOM

TU TUM
S-SENTI...

ピッ
FLUP
COSA C'È?
BE', ECCO...
EHM... COME DIRE...
ALLORA?
IO...
...POTREI ESSERMI INNAMORATA DI TE.

UN MOMENTO...
MA UN ATTIMO FA NON VOLEVI AMMAZ-ZARMI?
EH?
QUELLA ERA LA KUJIRA DEL PASSATO, CREDIMI!
IN REALTÀ, ANCHE LEI ERA INNAMO-RATA DI TE...
...MA ORA LO SONO MOLTO, MOOOOLTO DI PIÙ!
?
EH?
E POI...

NESSUNO AVEVA MAI AFFRONTATO UN'IMPURITÀ IN QUEL MODO...
...SOLO PER SALVARMI...
QUINDI, NON VEDO L'ORA DI SBACIUCCHIARTI E FLIRTARE CON TE PER SEMPRE.
MA SE TI HO DETTO CHE HO UNA RAGAZZA!
AAAH!
SÌ, HAI RAGIONE!

MA CHE PROBLEMI HA QUESTA? NON RIESCO PROPRIO A CAPIRLA!
ALMENO ORA SEMBRA CHE NON ABBIA PIU` INTENZIONE DI AMMAZZARMI... MAGARI POTREI PROVARE A OTTENERE QUALCHE INFORMAZIONE...
NO, FORSE NON DOVREI PARLARE DI CERTE COSE CON LA PRIMA PERSONA CHE PASSA... DOPOTUTTO, NON SO NEMMENO SE SIA DAVVERO DALLA MIA PARTE!
OOOH, MERDA...!
IL TEMPO STRINGE, NON POSSO PERMETTERMI NESSUN ERRORE...!
ECCO PERCHE`...
...DOPO CHE AVRAI UCCISO KUROHEBI, POTREMO POMICIARE TUTTO IL GIORNO! ♡

SAI COME UCCIDERE KUROHEBI?
SUL SERIO?
BE', IO NO, MA LA PRESIDENTE...
GRAB
MH?
?
EH?
COSA?

COME FACCIO A UCCIDERE KURO-HEBI?!
I-IO...
IO NON...
DIMMELO, TI PREGO!

MMMH...
CRAAASH

TAP
KUJIRA...
?!
SI PUO` SAPERE PERCHE` LO HAI LIBERATO?!

DAI, FACCIAMOCI UN GIRO IN QUALCHE NIGHT CLUB!
L'ALTRO GIORNO HO GIUSTO SCOPERTO UN POSTICINO NIENTE MALE!
CAPITOLO 5
PIANTALA, IDIOTA! GUARDA CHE SEI SPOSATO!
MA SÌ, DAI! UNA SCAPPATELLA OGNI TANTO NON FA MALE A NESSUNO!
!
SENTI...
EHI, GUARDA LASSÙ!
?
SBAGLIO O...

...UNA DELLE FINESTRE DELLA TORA ELECTRONICS...
...HA IL VETRO ROTTO?

INSOMMA, KUJIRA! TI CONVIENE LEGARLO BELLO STRETTO!
TRANQUILLA, ORA TI DO UNA MANO A...

SBAAAM
?
?

SBAM
BRUTTO BASTARDO! COME OSI INTERROMPERE IL MIO PRIMO BACIO?!
IO TI AMMAZZO!
PAM
SBAM
G-GUARDA CHE IO...
...SONO UN TUO SUPERIORE...!
THOMP
SBAM
ARGH!
SCU...
SBAM
SCUSAMI!
SMETT...
SBAM
SBAM
...
MA CHE PROBLEMI HANNO...
...QUESTI QUA?

CAPITOLO 5

LA SCORSA NOTTE, QUALCUNO NEI PARAGGI HA UTILIZZATO UNA TECNICA CONOSCIUTA COME "RICHIAMO DELL'ANIMA"...
QUINDI, DATO CHE SEI SEMPRE STATA UNO DEI MIEI SOTTOPOSTI PIÙ BRILLANTI, HO DECISO DI AFFIDARTI IL CASO INVIANDOTI A INDAGARE SULLA SITUAZIONE.
AGLI OCCHI DI UNA PERSONA COMUNE, LA RESURREZIONE È ROBA DA FAVOLETTE DELLA BUONANOTTE...
...MA, INVECE, QUELLA TECNICA ESISTE DAVVERO E LE DIRETTIVE SUI SOGGETTI RIPORTATI IN VITA SONO PIUTTOSTO CHIARE... VANNO TENUTI SOTTO STRETTA OSSERVAZIONE, STUDIATI E IMMOBILIZZATI IL PRIMA POSSIBILE.
SI TRATTAVA DI UN COMPITO DI ESTREMA IMPORTANZA...
...E MI SEMBRAVA DI ESSERE STATO PIUTTOSTO CHIARO AL RIGUARDO!
QUINDI...

* TIPICA FIGURA DELLA CULTURA ESOTERICA GIAPPONESE, SPECIALISTA NELLE ARTI MAGICHE E DIVINATORIE.

LASCIA CHE TI PRESENTI IL MIO FUTURO MARITO!
PIANTALA CON QUESTE STUPIDAGGINI.
MEGURU UKIYO...
...MORTO DIECI GIORNI FA TRAVOLTO DA UN CAMION...
EPPURE, ECCOTI QUA, VIVO E VEGETO DI FRONTE A NOI.
COM'È POSSIBILE?
CHI TI HA FATTO RESUSCITARE...?!

...
UN SERPENTE BIANCO PARLANTE.
?!
UN SERPENTE BIANCO...?! QUINDI, ESISTE DAVVERO?!
ALLORA ABBIAMO GIÀ PERSO FIN TROPPO TEMPO. DIMMI SUBITO TUTTO QUELLO CHE...
SBAAAM
?!

IDEA! E SE FACESSIMO ENTRARE MEGURUCCIO NELLA TORA?!
EH?!
MI CHIAMO MEGURU.
E... E PERCHÈ DOVREMMO, SCUSA...?!
BE', SE DIVENTASSE UNO DEI NOSTRI POTREMMO PAS-SARE UN SACCO DI TEMPO IN-SIEME!
IN REALTÀ, IO NON VOGLIO PASSARE NEMMENO UN ALTRO MINUTO CON TE.

E POI, LAVORANDO PER NOI, POTRESTI INCONTRARE LA PRESIDENTE...
...E CHIEDERLE TUTTO QUELLO CHE VUOI SU KUROHEBI!
?!
U-UN ATTIMO, KUJIRA! NON COSÌ IN FRETTA!
LA NOSTRA PRESIDENTE CONOSCE KUROHEBI COME LE SUE TASCHE...
QUINDI SAREBBE COME PRENDERE DUE PICCIONI CON UNA FAVA!
SI PUÒ SAPERE CHI TI HA DATO IL PERMESSO DI...
TLACK

VOGLIO ENTRARE NELLA TORA.
SMILE
SCORDATELO, QUESTO E` IMPOSSIBIL...
HIZAMI...
!
DAMMI UNA MANO DAMMI UNA MANO DAMMI UNA MANO DAMMI UNA MANO...
WHOOOOO
?!

SENTI UN PO', MEGURU UKIYO...
!

IL TUO OBIETTIVO E` UCCIDERE KUROHEBI, GIUSTO?
NO, QUELLO E` L'OBIETTIVO DI SHIROHEBI-SAMA.
IO...
...STO SOLO CERCANDO DI SALVARE...
...LA PERSONA CHE AMO.

PAFF
PAFF
SU, SU! BASTA PERDERE TEMPO IN CHIACCHIERE!
FRA POCO ARRIVERÀ QUI UN SACCO DI GENTE ATTIRATA DAL CASINO DI PRIMA...
EH
EH
...MA NON PREOCCUPATEVI! CI PENSERÀ LA SOTTOSCRITTA A TROVARE LA SCUSA PERFETTA!
HO UN PESSIMO PRESENTIMENTO...
HO UN PESSIMO PRESENTIMENTO...
PRIMA DI TUTTO...
...VOGLIO SOTTOPORTI A UNA PROVA DI AMMISSIONE.

METTIAMO LE COSE IN CHIARO...
...SE TI SENTO FRIGNARE ANCHE SOLO UNA VOLTA, FINISCI DRITTO SUL TAVOLO DI DISSEZIONE.
NON PREOCCUPARTI PER ME... CERCA DI NON FARTELA SOTTO, PIUT-TOSTO.
ARGH!

半田建築
HANDA ARCHITECTURE
SPLOSH
PUFF
パッ
PUFF
パッ

FRUP
GUARDA CHE IO NON HO MICA TEMPO DA PERDERE!
SUL SERIO QUELLA MOCCIOSA NON RIESCE NEMMENO A FARE LE PULIZIE?!
PERCHE` CE NE STIAMO OCCUPANDO NOI?!
BE', E` IL TUO TEST DI AMMISSIONE.
COSA SIETE, UNA DITTA DI PULIZIE SPIRITUALI?

DI SOLITO LE IMPURITÀ AMANO INFESTARE LUOGHI ABBANDONATI O RICOPERTI DI SPORCIZIA.
QUINDI, CE NE DOVREBBE ESSERE QUALCUNA NEI PARAGGI?
SÌ, SENZA DUBBIO.
?!
GUARDA.
WHOOOOOOO
ECCOLA LÌ.

GWEEEH
QUELLA È UN'IMPURITÀ.
GWEEEH
FWAAAH
GWEEEH
SUL SERIO? QUEL COSO MINUSCOLO LAGGIÙ?
ASPETTA UN ATTIMO...

スゥ～～
FRUSH
LASCIA CHE TI MOSTRI...
...COME PURIFICAR-LA...
SPLOTCH

SPLOT
QUINDI? ADESSO COSA FACCIAMO?
...?!
L'HA DISTRUTTA A MANI NUDE...?

CAPITOLO 6
DA QUANDO SONO TORNATO IN VITA, LE IMPURITÀ SEMBRANO ESSERE ATTRATTE DAL MIO CORPO...
IMMAGINO SIA A CAUSA DEI POTERI DI SHIROHEBI-SAMA.
QUANDO NE PARLAI CON MITSUAMI, MI CONSEGNÒ QUESTO AMULETO...
CHIAMAMI KUJIRA!
...IN GRADO DI NASCONDERE LA MIA PRESENZA...

CAPITOLO 6
...ALLE IMPURITÀ...

FLIP
E QUESTO CHE ROBA E`?
SONO CARATTERI SPECIALI IN CUI E` STATO INFUSO UN INCANTESIMO.
CERCA DI NON PERDERLO!
OOOH!

COMUNQUE...
...SE RIUSCIRAI A DISTRUGGERE ALTRE TRE IMPURITÀ, TI SCRIVERÒ UNA LETTERA DI RACCOMANDAZIONE...
...QUINDI CERCHIAMO DI DARCI UNA MOSSA.

GWEEEH
GWAAAH

SPLOTCH
CONTI-
NUIAMO.

CAUTION
SPLOTCH
Bar Flawless
PEN 20:00
AST 3:00
3F
FWOOOSH
STUM
AH!
SPLOTCH

OOOH, DAI! DIREI CHE PUÒ BASTARE, NO?
FRUSH
FRUSH
ORA SBRIGATI A SCRIVERE QUELLA LETTERA E FAMMI ASSUMERE.
DEVO INCONTRARE LA PRESIDENTE.
UN MOMENTO, ASPETTA ANCORA UN PO'...
E POI...

GIÀ CHE CI SIAMO...
...TANTO VALE FINIRE DI RIPULIRE QUESTO POSTO COME SI DEVE E RENDERLO VIVIBILE, NO?
ALLORA DIAMOCI UNA MOSSA.
SAI, NON MI ASPETTAVO FOSSE COSÌ FACILE.

IN CHE SENSO?
I COSI CHE MI AVEVANO ATTACCATO L'ALTRO GIORNO ERANO DECISAMENTE PIU` GROSSI...
...E PIU` FORTI.
BE', ANCHE LE DIMENSIONI POSSONO ESSERE UN CAMPANELLO D'ALLARME...
...MA, IN GENERE, LA FORZA DI UN'IMPURITÀ SI MISURA IN BASE AL NUMERO DEI SUOI OCCHI.
AL NUMERO DEI SUOI OCCHI?
QUELLE CON UN OCCHIO SOLO SONO NATE DA POCO...
...MENTRE QUELLE CON DUE RAPPRESENTANO GIÀ UNA MINACCIA NON TRASCURABILE PER UNA PERSONA COMUNE.
QUELLE CON TRE OCCHI, INVECE...

...SONO IN GRADO DI DIVORARE GLI ESSERI UMANI.
A QUESTO PUNTO, DEVI ESSERE STATO ATTACCATO PROPRIO DA UNA CON TRE OCCHI.
...
BE', IN REALTÀ NON MI SORPRENDE CHE UNO IN GRADO DI DISTRUGGERE LE IMPURITÀ A MANI NUDE...
...SIA RIUSCITO A TENERE TESTA A UN MOSTRO DEL GENERE.
COMUNQUE...
FRUSH

DIREI CHE NON HO PIÙ BISOGNO DI METTERE ALLA PROVA LE TUE ABILITÀ. HAI PASSATO IL TEST.
D'ORA IN POI, CI PENSERÀ KUJIRA AD ADDESTRARTI COME SI DEVE.
È PIÙ IN GAMBA DI QUELLO CHE SEMBRA, FIDATI.

MPH!
GUARDA CHE NON STRINGO LA MANO AD ALTRI RAGAZZI...
URGH! CHE MALE-DUCATO!
ALLORA PUOI ANCHE SCORDARTI QUELLA LETTERA!

TAP
!

GLOOOM
THUD
SCAPPA!
?!

THUD
ドサッ
AH!
バッ
HIZA...
?!

TUTUM
TUTUM
TUTUM
TUTUM
TUTUM

STO PER MORIRE...?
TAP
パキ
TAP
パキ

TI AMMAZZO.

HO ASPET-TATO A LUNGO QUESTO MOMEN-TO...
FSHAAAAA
...SHIROHEBI-SAMA.
STAGE 5.1 - CONTINUA A MARZO

PAGINA EXTRA 1
MUNCH
モグモグ
MUNCH
VUOI UN CHEWING GUM, SHIROHEBI-SAMA?
SCORDATELO! IO NON MANGIO QUELLA ROBACCIA!
FWUUUP
プクー
?!
FWUUUUUP
プクー
OOOH!
SPLAT
パンッ
AH
ハ
AH
ハ

PAGINE EXTRA - FINE

FOCUS ON

DEMON SLAYER CAMPUS KIMETSU!

di Koyoharu Gotouge e Natsuki Hokami

Shueisha (2021)
6 volumi - serie completa

Il Campus Kimetsu è un istituto comprensivo privato che include elementari, medie e superiori, ma la cosa davvero speciale è che tra gli studenti e il corpo insegnanti... ci sono i personaggi del popolare manga *Demon Slayer – Kimetsu no Yaiba*! Mentre le giornate scorrono vivaci, al Campus ha inizio il "Top Festival della Cultura" che coinvolgerà l'intera cittadina di Kimetsu! Inoltre, il politico corrotto Kibutsuji parte alla ricerca del prezioso tesoro "lycoris radiata blu"... Un turbolento volume finale per questa commedia scolastica sempre più frenetica e avvincente! Se siete curiosi di scoprire cosa combineranno Tanjiro e compagni nella loro ultima, esilarante avventura, allora correte nella vostra libreria o fumetteria di fiducia, oppure ordinatelo sugli store online!

FOCUS ON

LET'S HAIKYU!?

di Haruichi Furudate e Retsu

Shueisha (2014)
11 volumi - serie completa

Hinata, affascinato dall'odore dei palloni da pallavolo e dell'Air Salonpas, affronta la sua prima e ultima partita ufficiale delle scuole medie. Qui incontra il suo rivale predestinato, il geniale Kageyama, soprannominato "il re del campo". Lo spin-off ufficiale del famosissimo manga di pallavolo adolescenziale giunge alla sua esilarante conclusione con un ultimo volume tutto da ridere! Cosa aspettate?! Correte ad accaparrarvi la vostra copia! A febbraio in libreria, fumetteria e negli store online.

18 FEBBRAIO

TO YOUR ETERNITY 22
Yoshitoki Oima - € 5,90

DRAGON BALL
ULTIMATE EDITION 34
Akira Toriyama - € 15,00

25 FEBBRAIO

VERSUS 3
ONE, Kyoutarou Azuma, bose - € 6,90

GENSHIN IMPACT
ART BOOK 1
Genshin Impact Project Team
€ 25,90

GENSHIN IMPACT
ART BOOK 2
Genshin Impact Project Team
€ 25,90

KAIJU No. 8 13
Naoya Matsumoto
€ 5,50

LET'S HAIKYU!? 11
Haruichi Furudate, Retsu
€ 5,20

PROMISE CINDERELLA 11
Oreco Tachibana - € 6,50

SHIBATARIAN 4
Katsuya Iwamuro
€ 6,50

RE CERVIN 1
Kousuke Hamada
€ 6,90

TENKAICHI 4
Yosuke Nakamaru, Kyoutarou Azuma
€ 6,90

TOKYO ALIENS 9
NAOE - € 6,50

YONA LA
PRINCIPESSA SCARLATTA 44
Mizuho Kusanagi - € 5,20

SOLO LEVELING 21
DUBU(REDICE STUDIO), Chugong - € 9,90

HELLBOY
LA BARA INCATENATA
E ALTRE STORIE 3
M. Mignola - € 15,90

FOCUS ON

CLAYMORE NEW EDITION

di Norihiro Yagi

Shueisha (2001)

27 volumi - serie completa

Gli Yoma sono creature demoniache che si nutrono di esseri umani e sono in grado di assumerne l'aspetto. Una misteriosa organizzazione si occupa di ucciderli a pagamento, mandando in missione le guerriere Claymore, giovani donne "ibride" così chiamate perché brandiscono enormi spade...
Priscilla ha vinto la battaglia contro l'essere che supera l'abisso. La situazione degenera e Clare ha ormai ben chiaro che non le rimane altra scelta che il risveglio. Nel momento cruciale, tuttavia, percepisce che sta accadendo qualcosa di strano e imprevisto... Chi è, davvero, a risvegliarsi dentro di lei? L'ultimo volume di quest'opera, capace di unire ad ambientazioni e personaggi di stampo medievale una buona dose di scene truculente e orrore, vi aspetta a febbraio in libreria, fumetteria e negli store online!

DON'T MISS IT!

RE CERVIN

di Kousuke Hamada

Shogakukan (2023)

5 volumi - serie in corso

Cervin, re di Hellenthal, perde il suo trono, il suo popolo e la sua famiglia a causa dell'invasione da parte dell'impero di Iria guidato da Contrano. Durante l'attacco, inoltre, si risveglia il drago malvagio che era stato sigillato nel regno e le sue fiamme divampano per l'intero paese. Arsinoe, figlia di Cervin, cerca di fermare l'essere malvagio ricorrendo alla forza di Sent Fauna, "la forsennata che divora i ricordi", ma in cambio perde ogni ricordo del suo carissimo padre... Ha così inizio il viaggio di rinascita di un re esiliato e di una principessa senza memoria, legati entrambi da una perdita. Il primo volume della serie sarà disponibile a febbraio in libreria, fumetteria e negli store online.

DON'T MISS IT!

STAGE S

di Tomoya Harikawa

Shueisha (2022)

6 volumi - serie completa

Meguru Ukiyo è un ragazzo delle superiori che ha appena iniziato a uscire con Sara Tatsumi, la sua amica di infanzia di cui è sempre stato innamorato. Un giorno, Meguru incontra per puro caso Shirohebi, un serpente bianco parlante che gli predice la sua morte imminente. Pochi giorni dopo la profezia, Meguru perde effettivamente la vita travolto da un camion. Come ultimo desiderio prima di entrare nel regno dei morti, chiede al serpente una previsione sul futuro della sua amata, scoprendo così che anche lei è destinata a morire a breve... Una volta riportato in vita da Shirohebi per cercare di salvare Sara, Meguru si rende conto di non essere più un normale essere umano... Arriva a febbraio la storia di un amore che lotta contro il destino e un "dio" crudele, firmata da Tomoya Harikawa, talentuoso autore emergente assolutamente da conoscere! Disponibile in libreria, fumetteria e negli store online.

11 FEBBRAIO

PANDORA HEARTS
NEW EDITION 6
Jun Mochizuki - € 12,90

KAIJU GIRL CARAMELISE 6
Spica Aoki - € 6,50

CLAYMORE NEW EDITION 27
Norihiro Yagi - € 5,90

LA PERSONA CHE MI PIACE
NON È UN RAGAZZO 3
Sumiko Arai - € 7,50

IL CHIODO FISSO
A. De Pins - € 34,90

LA CASTA
DEI META-BARONI 1
A. Jodorowsky, J. Giménez
€ 22,90

LA CASTA
DEI META-BARONI
COLLECTOR EDITION 1
€ 34,90

18 FEBBRAIO

DETECTIVE CONAN
NEW EDITION 56
Gosho Aoyama - € 6,50

PURR EVIL 2
M. Andolfo, L. Braga - € 12,90

PURR EVIL
VARIANT COVER EDITION 2
€ 14,90

TRILLION GAME 8
Riichiro Inagaki,
Ryoichi Ikegami - € 6,90

RECORD OF RAGNAROK
LO STRANO CASO DI
JACK LO SQUARTATORE 4
Takumi Fukui, Azychika,
Shinya Umemura,
Keita Iizuka - € 6,50

VINLAND SAGA 28
Makoto Yukimura - € 5,90

YU DEGLI SPETTRI
NEW EDITION 9
Yoshihiro Togashi - € 5,90

MIX 21
Mitsuru Adachi - € 5,50

INUYASHA WIDE EDITION 21
Rumiko Takahashi - € 9,95

DON'T MISS IT!

BEAT & MOTION

di Naoki Fujita

Shueisha (2023)
5 volumi - serie in corso

Tatsuhiko ha rinunciato ai suoi sogni e conduce un'esistenza deprimente, finché una sera le parole di una ragazza "scatenata" lo spingono a riabbracciare la speranza di diventare animatore. Dopo aver caricato sui social un corto autoprodotto, riceve la richiesta di realizzare un video musicale da parte di Nico, la cantante di cui lui è da sempre un grande fan. Ma non finisce qui, il caso vuole che Nico sia proprio la ragazza di quella fatidica sera! Per i due giovani aspiranti artisti ha così inizio l'impervio cammino verso il successo! Dalle pagine di Jump+, un'emozionante e divertente serie di rivalsa e seconde possibilità, perché non è mai troppo tardi per realizzare i propri sogni! Disponibile da febbraio in libreria, fumetteria e negli store online.

DON'T MISS IT!

ELETTROSHOCK DAISY

di Kyousuke Motomi

Shogakukan (2007)
8 volumi - serie completa

Kurosaki, biondo e scontroso bidello, piomba come un ciclone nella vita di Teru, studentessa del liceo in cui lui lavora... per farne la sua schiava! È l'ennesimo cataclisma nella sfortunata vita della povera ragazza, rimasta senza alcun familiare. Meno male che Teru può contare su una forza d'animo impareggiabile nonché sulla presenza costante ma anonima di Daisy, misteriosa conoscenza del suo defunto fratello che, dalla scomparsa di quest'ultimo, veglia su di lei e la incoraggia inviandole messaggi sul cellulare. Grazie a Daisy, Teru riceve il supporto e il calore che le permettono di farsi coraggio e non sentirsi sola al mondo, ma soprattutto... di sopportare le angherie dell'irriverente e affascinante Kurosaki! A grande richiesta, torna sugli scaffali una delle commedie scolastiche più divertenti, dolci ed emozionanti mai disegnate, in una nuovissima edizione in otto volumi. Una serie assolutamente imperdibile per chi ama gli shojo e le storie "elettrizzanti"! Da febbraio in libreria, fumetteria e negli store online.

4 FEBBRAIO

EDENS ZERO 25
Hiro Mashima - € 5,50

BEAT & MOTION 1
Naoki Fujita - € 6,90

PETSHOP OF HORRORS 6
Matsuri Akino - € 9,00

ELETTROSHOCK DAISY 1
Kyousuke Motomi - € 9,90

I CAVALIERI DELLO ZODIACO
SAINT SEIYA FINAL EDITION 10
Masami Kurumada - € 7,90

SLEEPING ON
THE PAPERSHIP 1
Teki Yatsuda - € 7,50

SLEEPING ON
THE PAPERSHIP 2
Teki Yatsuda - € 7,50

AFTERLIFT
C. Zdarsky, J. Loo - € 15,90

AFTERLIFT
VARIANT COVER EDITION
€ 15,90

11 FEBBRAIO

MARRIAGETOXIN 7
Joumyaku, Mizuki Yoda
€ 6,50

RAVE - THE GROOVE
ADVENTURE
NEW EDITION 17
Hiro Mashima - € 5,90

DEMON SLAYER
CAMPUS KIMETSU! 6
Koyoharu Gotouge,
Natsuki Hokami - € 5,90

DRAGON BALL SD 3
Akira Toriyama,
Naho Ohishi - € 7,90

SHIKIMORI'S
NOT JUST A CUTIE 15
Keigo Maki - € 6,50

A COUPLE OF CUCKOOS 14
Miki Yoshikawa - € 5,90

STAGE S 1
Tomoya Harikawa - € 6,90

TERRA FORMARS 23
Ken-ichi Tachibana,
Yu Sasuga - € 6,50

FOCUS ON

DRAGON BALL ULTIMATE EDITION

di Akira Toriyama

Shueisha (1984)
34 volumi - serie completa

Goku e Vegeta si sono fusi per affrontare Majin Bu, che nel frattempo ha sterminato e assorbito i loro amici più cari... La forza del nuovo guerriero Vegeth sarà sufficiente a sconfiggere il nemico più pericoloso dell'universo e a scrivere il lieto fine per quest'ultimo, strabiliante volume?! La *Dragon Ball Ultimate Edition*, lussuosissima riedizione della fondamentale opera del maestro Toriyama, giunge alla sua conclusione con un incredibile trentaquattresimo volume!
Disponibile a febbraio in libreria, fumetteria e negli store online.

FOCUS ON

TERRA FORMARS

di Ken-ichi Tachibana e Yu Sasuga

Shueisha (2011)
23 volumi - serie in corso

Nel XXI secolo alcuni scienziati mettono a punto un progetto di terraforming destinato a modificare l'ecosistema di Marte tramite l'invio di licheni e scarafaggi. A processo ultimato, un manipolo di astronauti parte per eseguire la più grande disinfestazione della storia dell'umanità, ma qualcosa va storto... Nessuno aveva previsto l'evoluzione degli scarafaggi in enormi esseri umanoidi dotati di una forza fisica incredibile! Dopo anni di trepidante attesa, a febbraio torna finalmente sugli scaffali un nuovo, imperdibile volume di *Terra Formars*: non lasciatevelo sfuggire! In libreria, fumetteria e negli store online.

DON'T MISS IT!

SLEEPING ON THE PAPER SHIP

di Teki Yatsuda

France Shoin Inc. (2024)
2 volumi - serie completa

1949, Yokohama. In un Giappone devastato dalla guerra, il piccolo Kei Kitahara rimane coinvolto in un drammatico incidente ferroviario, a cui solo lui e un altro bambino riescono a sopravvivere. Svegliatosi dal coma, Kei sente un irrefrenabile desiderio di mettere su carta le proprie emozioni. La scrittura diventa non solo una valvola di sfogo per lui, ma un vero e proprio talento che lo porta a diventare, anni dopo, un famoso sceneggiatore. Tuttavia, per una sorta di strana maledizione, le persone che ispirano le sue storie finiscono inevitabilmente per diventare vittime di sciagure. Per questo Kei decide di deporre la penna, la sua unica ragione di vita, finché un giorno l'incontro con un giovane e affascinante fotografo riaccenderà in lui il desiderio di scrivere... Oscurità, passione e mistero si mescolano nell'emozionante miniserie in due volumi di una delle autrici Boys' Love più talentuose dell'attuale panorama nipponico! Entrambi i volumi della serie saranno disponibili a febbraio, in libreria, fumetteria e negli store online.

DON'T MISS IT!

ASTRA

AFTERLIFT

di Chip Zdarsky e Jason Loo - In libreria, fumetteria e negli store online

L'autista di ride-sharing Janice Chen ha già troppe cose per la testa, da passeggeri seccanti a genitori autoritari. Quando però carica due misteriosi individui inseguiti da forze soprannaturali, Janice capisce che una giornata partita male rischia di andare direttamente all'inferno! L'opera di Chip Zdarsky e Jason Loo, già premiata agli Eisner Awards, conquisterà i lettori con i suoi inseguimenti in auto, cacciatori di taglie demoniaci e l'eterno problema del trovare il proprio posto... in questa vita e nella prossima. Due autori eccezionali firmano una storia ad alta velocità che terrà tutti col fiato sospeso! Disponibile a febbraio, anche in una fantastica edizione Variant Cover!

IL CHIODO FISSO

di Arthur De Pins - In libreria, fumetteria e negli store online

La raccolta integrale di un capolavoro del fumetto erotico firmato da Arthur De Pins, in un'edizione curata dalla maestra del sexy humor Mirka Andolfo. Una serie squisitamente maliziosa, incentrata sulle divertenti ossessioni erotiche del giovane Arthur, che esplora le relazioni tra uomini e donne senza alcuna vergogna e senza nessun tabù. Tra una disavventura sentimentale e l'altra, Arthur e i suoi amici conosceranno ragazze dal carattere esplosivo, il tutto nello stile unico, espressivo e originale di De Pins, costantemente in equilibrio tra sexy, giocoso e... mignon! Quest'eccezionale opera, creata dal multiforme autore francese vincitore del prestigioso premio Gran Guinigi, arriva a febbraio in un'edizione speciale che raccoglie in un unico, grande volume l'intera serie.

LA CASTA DEI META-BARONI

di Alejandro Jodorowsky e Juan Giménez - In libreria, fumetteria e negli store online

Il Meta-Barone, terribile mercenario, è il guerriero più potente della galassia. Come ha fatto a diventarlo? Alejandro Jodorowsky e Juan Giménez rispondono alla domanda raccontando, generazione per generazione, l'evoluzione di una casta di guerrieri invincibili, antenati del Meta-Barone. Per secoli, i Castaka hanno sfruttato il pianeta Marmola da soli, grazie al segreto dell'epifite, un olio antigravitazionale che permette loro di manipolare il marmo come se non pesasse nulla. Quando l'esistenza dell'epifite viene rivelata alla galassia, da una parte assistiamo alla fine della tranquillità dei Castaka, dall'altra all'inizio della storia dei Meta-Baroni, tra sangue, morte e tradimenti. L'epica saga di fantascienza, classico intramontabile della *bande dessinée*, arriva a febbraio in un'edizione definitiva! Per i veri collezionisti uscirà anche una Collector Edition, impreziosita da un ricco dossier di approfondimento.

PURR EVIL

di Mirka Andolfo e Laura Braga - In libreria, fumetteria e negli store online

Rita ama sua figlia Deb, ma un male oscuro del suo passato minaccia la vita di chiunque le si avvicini troppo. Può il legame tra due donne superare un'esistenza costruita sul sangue e sulla menzogna? E quale segreto si nasconde nell'appartamento della famiglia Morando? Un'opera intensa e imperdibile, tra azione, orrore e... gatti firmata da due star internazionali, Mirka Andolfo alla sceneggiatura e Laura Braga ai disegni. Il secondo e ultimo volume della miniserie uscirà a febbraio e, per l'occasione, sarà disponibile anche in una speciale Variant Cover realizzata da Mirka Andolfo con effetto *cold foil*.

HELLBOY - LA BARA INCATENATA E ALTRE STORIE

di Mike Mignola - In libreria, fumetteria e negli store online

Una nuova, fantastica edizione per le storie di uno dei personaggi più leggendari del fumetto occidentale, completamente ritradotta e con materiali di alta qualità! Questo terzo volume di *Hellboy* raccoglie numerose storie brevi, alcune delle quali colorate per l'occasione. Non mancano imperdibili contenuti a corredo, tra cui una gallery esclusiva e un'introduzione di P. Craig Russell!

SI CHIUDE COSÌ IL SIPARIO...

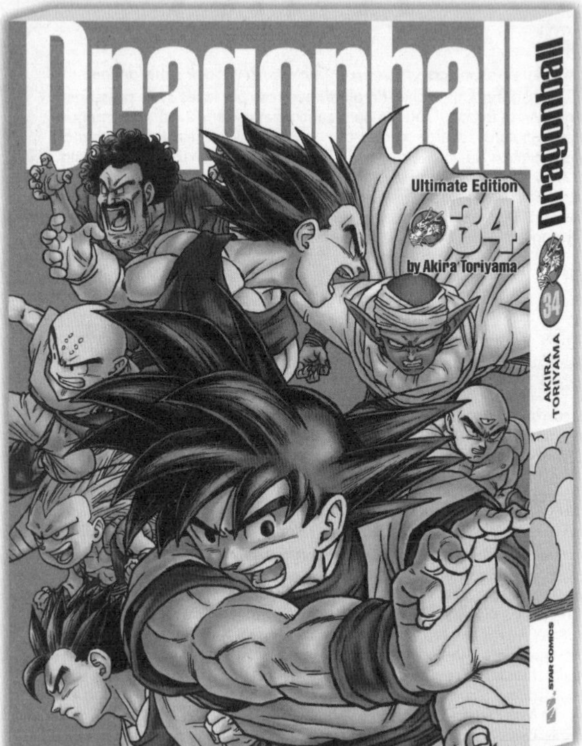

...SULL'EPICA BATTAGLIA DI GOKU E COMPAGNI!

L'ULTIMO, IMPERDIBILE VOLUME DELLA SERIE!

A FEBBRAIO IN LIBRERIA, FUMETTERIA E STORE ONLINE!

starcomics.com

★ COME LEGGERE UN MANGA ★

Quello che vi apprestate a leggere è un **manga**, ovvero un fumetto giapponese. La parola 'manga' significa 'immagini in movimento' e da molti decenni è il termine giapponese che contraddistingue questo tipo di produzione. L'unica differenza tra un fumetto occidentale e uno giapponese è che quest'ultimo si legge... a rovescio! Ovviamente, detta così, la cosa risulta alquanto strana; in realtà si tratta esclusivamente di un fatto legato alla cultura e alla tradizione nipponica che è rimasto fino a oggi inalterato. Nel Paese del Sol Levante, infatti, la scrittura procede **da destra verso sinistra** per cui i libri, i quotidiani e le riviste pubblicate si leggono in questo senso: osservando la copertina di una pubblicazione nipponica, infatti, ci si trova con la rilegatura sulla destra e le pagine 'libere' a sinistra.
La stessa cosa avviene per i fumetti.
Niente panico, quindi! Il senso di lettura non è né stravolto, né incomprensibile: le vignette si leggono **da destra verso sinistra**, proprio come se aveste aperto l'albo davanti a uno specchio. E quando passate alla fila di vignette inferiore, riprendete **da destra a sinistra**; poi di nuovo giù; e ancora **da destra a sinistra**. Se siete ancora indecisi, aprite davvero l'albo davanti a uno specchio e osservate lo scorrimento delle vignette come se aveste davanti un fumetto normale: capirete il meccanismo di lettura con una facilità impressionante. E quando leggete, ricordatevi che anche i balloon (le chiacchiere dei personaggi, insomma) vanno letti **da destra a sinistra**!
Buon divertimento, quindi, con i manga delle Edizioni Star Comics!

APERTURA ALLA OCCIDENTALE

APERTURA ALLA GIAPPONESE

LETTURA ALLA OCCIDENTALE

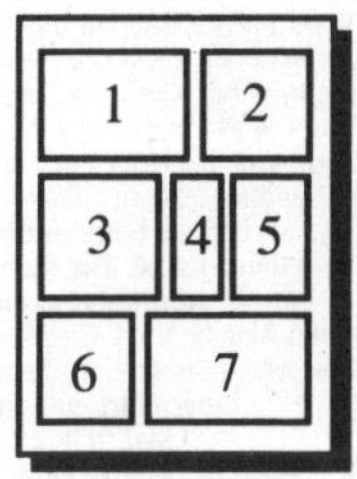

LETTURA ALLA GIAPPONESE

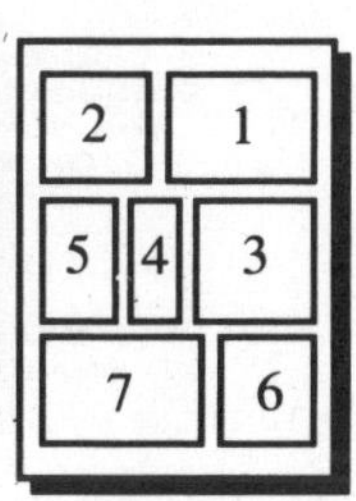

LETTURA ALLA OCCIDENTALE DEI BALOON

LETTURA ALLA GIAPPONESE DEI BALOON

DA DESTRA A SINISTRA

STAGE S

STAGE S 1
GHOST - Pubblicazione periodica - Anno XXIV - febbraio 2025
Autorizzazione Tribunale di Perugia Nr. 27/97 del 1 agosto 1997

Pubblicazione a cura di
BLUE FACTORY Srl
Via Sebastiano Serlio 35, 40128 Bologna
Amministratore delegato
Simone Bovini
Direttore responsabile ed editoriale
Claudia Bovini
Direttore di mercato
Gian Luca Landone
Publishing manager
Cristian Posocco
Supervisione
Filippo Sandri
Ufficio grafico
Alcadia Snc
Via Sebastiano Serlio 35, 40128 Bologna
Redazione Alcadia
Filippo Sandri, Sabrina Daviddi, Baldassarre Minopoli, Eleonora Baroni, Anna Giuliani, Mariolina Ferri, Gabriele Zobele, Silvia Peruffo, Andrea Piras, Stefano Tonon, Claudia Sermarini, Lucrezia Peppicelli, Chiara Pignatelli, Eugenia Guerrero
Ufficio commerciale
Gianni Landi, Elia Munaò
Amministrazione
Maria Grazia Acacia, Luigi Codispoti, Emanuele Felicetti, Valentina Bastianelli
Licensing manager
Mari Nakagawa
Redazione Star Comics
Claudia Calzuola, Deborah Cioccoloni, Luisa Lombardoni, Chiara Pancrazi

Traduzioni
Mattia Amione
Adattamento testi
Nicola Cervellati
Adattamento grafico
Fabio Bettazzi
Lettering
Andrea Piras
Editore
EDIZIONI STAR COMICS Srl
Strada Selvette 1bis/1, 06134 Bosco (PG)
www.starcomics.com
info@starcomics.com
Per richiedere i numeri arretrati
www.starcomics.com
www.starshop.it
Per la pubblicità su questo albo
Edizioni Star Comics Srl
Tel. 075 5918353
ufficiostampa@starcomics.com
Stampa e fotocomposizione
Grafiche Bovini - Bosco (PG)
Distributore esclusivo per le fumetterie
Star Shop Distribuzione Srl
Via del Piombo 30, 06134 P.te Felcino (PG)
Tel. 075 6919931/865
Fax 075 6910652
www.starshop.it
Distributore esclusivo per le librerie
Mondadori Libri S.p.A.
Via A. Mondadori,1
20054 Segrate (Milano)
https://distribuzionelibrimondadori.it

COPYRIGHT